ADOLESCÊNCIA
entre linhas e letras

O GOLEIRO E A FADA DE BATOM

2ª edição

LUIZ ANTONIO AGUIAR

Capa:
Jorge Eduardo Fantucci

Ilustrações:
Roberto Barbosa

Conforme a nova ortografia

Atual Editora

SARAIVA S.A. Livreiros Editores
Rua Henrique Schaumann, 270 — Pinheiros
05413-010 — São Paulo — SP
Fax: (0xx11) 3611-3308 — Fax vendas: (0xx11) 3611-3268

Dados Internacionais de Catalogação na Publicação (CIP)
(Câmara Brasileira do Livro, SP, Brasil)

Aguiar, Luiz Antonio, 1955 -
O goleiro e a fada de batom / Luiz Antonio Aguiar ; ilustrações José Roberto Barbosa. — São Paulo : Atual, 2000. — (Entre Linhas e Letras)

Inclui roteiro de leitura.
ISBN 978-85-357-0081-7

1. Literatura infantojuvenil I. Barbosa, José Roberto. II. Título. III. Série.

00-0229 CDD-028.5

Índices para catálogo sistemático:

1. Literatura infantojuvenil 028.5
2. Literatura juvenil 028.5

Coleção: **Entre Linhas e Letras**

Gerente editorial: Wilson Roberto Gambeta
Editor: Henrique Félix
Assessora editorial: Jacqueline F. de Barros
Coordenadora de preparação de texto: Maria Cecília F. Vannucchi
Revisão de texto: Pedro Cunha Jr. e Lilian Semenichin (coords.)
Lúcia Leal Ferreira/Célia Regina do N. Camargo

Gerente de arte: Edilson Félix Monteiro
Editor de arte: Celson Scotton
Chefe de arte: Renata Susana Rechberger
Editoração eletrônica: Silvia Regina E. Almeida (coord.)

Colaboradores

Projeto gráfico: Glair Alonso Arruda
Roteiro de leitura e *Para você ler e pensar:* Veio Libri
Preparação de texto: Cecília Kinker

2ª edição/5ª tiragem, 2014

SAC | 0800-0117875
De 2ª a 6ª, das 8h30 às 19h30
www.editorasaraiva.com.br/contato

820139.002.005

Impressão e acabamento: Mark Press Brasil

ADOLESCÊNCIA

entre linhas e letras

O GOLEIRO E A FADA DE BATOM

LUIZ ANTONIO AGUIAR

ROTEIRO DE LEITURA

Cristina e Maurício são dois adolescentes que sofrem maus-tratos dentro de casa. Cristina é espancada pelo pai; Maurício, pela mãe. Apesar de estudarem na mesma escola, os dois só se conhecem na sala de espera da psicóloga, doutora Amélia. Eles começam a se gostar, mas escondem seus problemas um do outro. Cada um inventa sua história — a vida que gostariam de ter. Ele seria o grande goleiro; ela, alguém que vive em festas, cheia de amigos. No fundo, queriam ser pessoas diferentes por não conseguirem gostar deles mesmos, por não saberem como resolver seus problemas familiares. Até que um dia... o castelo de mentiras desaba. E é justamente a partir daí que Maurício enfrenta a mãe e Tina enfrenta o pai. E que os dois ficam juntos, dispostos a se ajudar, apesar de ele ser o maior frangueiro e ela ser uma garota querendo, acima de tudo, se encontrar.

POR DENTRO DO TEXTO

Enredo e foco narrativo

1. Repare que a história se inicia com um trecho modificado do conto popular *Chapeuzinho Vermelho*.

   a) Que modificações você percebe em relação ao conto original?

   b) O que você acha da maneira como o autor reconta esse conto infantil? Tem a ver com o enredo de *O goleiro e a fada de batom*? Por quê?

   c) Na sua opinião, o que significa o batom vermelho que a Chapeuzinho desta história faz questão de usar?

2. Tina e Maurício são dois *narradores-personagens*. Isso quer dizer que eles ao mesmo tempo contam e participam da história.

   a) Será que o efeito mudaria se a história fosse contada por um narrador em 3ª pessoa, ou seja, por alguém *fora* da história?

Personagens

8. "Meu nome é Cristina. Tina. Tenho 13 anos. Quando é que vão me deixar deixar de ser criança?" (p. 4)

   a) Que características você destacaria em Cristina?

   b) Que sensação lhe passa esta pergunta: "Quando é que vão me deixar deixar de ser criança?"?

   c) Cite uma das frases do texto pensadas ou faladas por Tina que resuma o estado de espírito dela.

9. Maurício vive em casa um clima tenso, por causa do relacionamento com a mãe.

   a) Como você descreveria a personagem Maurício?

   b) Escolha uma das frases do texto pensada ou falada por Maurício que resuma o estado de espírito dele.

10. Em certo momento da história, Maurício e Tina vivem uma profunda mudança. Eles encontram forças para reagir contra a agressão que sofrem e realizar algo que os fará sentir mais dignos deles mesmos. Identifique em cada um esse momento.

11. No final da história, algumas mudanças ocorreram em Tina e em Maurício. Como essas mudanças podem ser resumidas?

Linguagem

12. Na página 13, ao atender ao telefonema de Gabriela, Tina faz comentários *entre parênteses*. Por que o autor usou esse recurso?

13. Quando Tina narra a primeira conversa entre ela e Maurício ocorrida na sala de espera da doutora Amélia, ela o faz de modo irônico e debochado. Por que você acha que ela se comporta assim?

DO TEXTO AO CONTEXTO

14. Em certo momento da vida, a criança percebe que está mudando física e psicologicamente. Que está deixando de ser criança. Inicia-se a fase da adolescência, que colocou para a personagem Tina a seguinte questão: "Quando é que vão me deixar deixar de ser criança?". Você também se faz a mesma pergunta? Em que situações? Há, ao seu redor, pressões semelhantes às sofridas pelas personagens?

15. A doutora Amélia lembra que muitas mulheres e meninas são espancadas e se calam a respeito do problema (p. 10). Em nossa sociedade, a mulher e a criança são as que mais sofrem discriminações e violências de toda ordem. A violência doméstica é a manifestação de uma distribuição desigual de poder. Tina reclama com a mãe que o pai bate nela porque ela é mais fraca do que ele. Você concorda? Por quê?

16. O pai de Maurício faz a seguinte afirmação: "... eu tive de aprender que a gente não consegue fazer ninguém ser capaz de ser feliz" (p. 6). Você concorda com ele? Por quê?

17. Maurício comenta com Tina que os pais vivem dizendo que sabem o que é melhor para os filhos (p. 24). Seus pais também são assim? E quando você for pai ou mãe pensa em dizer a mesma coisa? Por quê?

ATIVIDADES INTERDISCIPLINARES

(Sugestões para História, Geografia e Literatura)

18. No caso da violência doméstica, a família, que deveria proporcionar um ambiente de carinho, no qual as pessoas teriam liberdade de expressar suas ideias, e a casa, que deveria ser um local adequado para oferecer condições à criança e ao adulto de crescerem juntos, transformam-se numa fonte de problemas pessoais e sociais. Na sua opinião, qual deve ser a função da família? Você acha que a pobreza no Brasil e a pressão dos problemas econômicos estão relacionadas com o problema da violência doméstica? Discuta essas questões com seus colegas de classe.

19. A história *Chapeuzinho Vermelho* é de Charles Perrault (1628-1703), escritor francês que, da tradição oral, recuperou muitos dos contos de fada que conhecemos hoje. Pesquise mais um pouco sobre a vida de Perrault, não se esquecendo de ressaltar outros contos populares que ele também escreveu.

SUGESTÕES PARA REDAÇÃO

20. Existem muitas organizações de defesa dos direitos e da integridade da criança e do adolescente. Em sua cidade, ou em alguma cidade próxima, deve haver uma à qual as vítimas possam recorrer. Descubra que organizações são essas e como entrar em contato com elas.

21. Escolha um conto popular e faça uma brincadeira, reescrevendo-o. Invente um final que lhe agrade mais, que você ache mais engraçado ou emocionante.

22. Violência doméstica e direitos humanos estão relacionados? Escreva um pequeno texto de opinião sobre esses temas.

23. Organize uma campanha contra a violência doméstica na sua escola ou na sua rua. Ressalte que o entendimento, o diálogo e a compreensão são a melhor maneira de resolver os problemas familiares. Elabore um texto explicativo para acompanhar a campanha. Que tal inventar também um *slogan*?

Atual Editora

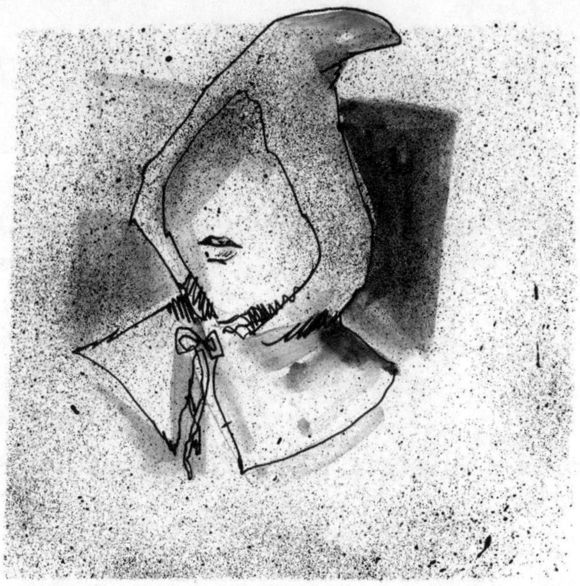

A LINDA *menina de chapeuzinho vermelho, aquela da boca pintada com um batom mais vermelho ainda, chegou na cabana, toda inocente, e encontrou deitado na cama de sua avó o Lobo Mau. Ela ficou confusa. Sabia que aquela não era sua avó. Era alguém com olhos grandes, arregalados para ela, famintos, com patas peludas, muito fortes, e com dentes afiados, loucos para mordê-la. No entanto, não querendo acreditar no que estava vendo — que alguém, mesmo um lobo, pudesse possuir dentro de si tanta ferocidade —, a menina começou a fazer perguntas ao sr. L. Mau, esperando com isso que alguma bondade o tomasse e que ele, assim, desistisse de matá-la.*

Mas, à medida que iam conversando, a menina sentia que iam também crescendo a fúria do Lobo contra ela e a fome dele. Ela já estava se considerando perdida. Rezava apenas para que a morte nas garras do Lobo não doesse muito. Foi então que alguém começou a esmurrar a porta e a berrar do lado de fora.

— Papai! — gritou a menininha, e correu para abrir a porta.

O caçador entrou na cabana, cheio de ódio. Seus olhos estavam ainda mais ameaçadores do que os do Lobo.

— Papai... — gemeu, dessa vez, a menininha, quase implorando.

Mas o caçador não teve pena. Avançou para a menininha e começou a bater nela, a bater e a bater. Batia-lhe com o cinto, com as mãos. Desferia chutes e socos. Já quase sem poder respirar, não aguentando mais a dor das pancadas, a menina, em desespero, conseguiu reunir suas últimas forças para desvencilhar-se do caçador — e jogar-se nos braços do Lobo.

Meu nome é Cristina. Tina. Tenho 13 anos. Quando é que vão me deixar deixar de ser criança?

Eu adivinho quando ela chega. Posso estar no meu quarto, trancado, mas percebo que alguma coisa muda. Alguma coisa para no ar. Eu pressinto. Tento ficar longe dela, mas parece que isso a deixa ainda mais irritada. Ela bate na minha porta, me chama. Eu vou. Preferia ficar no meu quarto, mas acabo indo me sentar junto dela, na sala.

Ela tenta acender o cigarro. Risca o isqueiro várias vezes, desiste, joga o isqueiro longe — eu estremeço —, revira a bolsa tentando achar outro. Não sei por que sempre carrega tantos isqueiros que já não funcionam. Não sei por que carrega tanta coisa na bolsa — ela nunca encontra o que procura. Outro isqueiro que não acende, e ela se levanta impaciente. Vai acender o cigarro na cozinha, volta.

Eu apenas espero. Ela traga o cigarro. Reclama que o cigarro está lhe fazendo mal, tosse, tosse muito, seu rosto fica vermelho, me assusta. Diz que o que mais deseja no mundo é parar de fumar: "Se pelo menos minha vida ajudasse... Se eu tivesse menos preocupações...". Ela me olha. Sei que está tentando se controlar e sei também que não vai conseguir. "Eu tenho de cuidar de você sozinha! Você sabe disso! Seu pai nem liga! Pega você para jantar de vez em quando, passa finais de semana fora com você... É muito fácil para ele! Você, para ele, é lazer! Enquanto eu... Eu sou a perversa, não é? Não é isso que você diz para ele?"

Não digo é nada. Eu e meu pai nunca conversamos sobre minha mãe. Ela tem razão, ele não quer saber... dela. Uma vez — uma vez apenas — ele me disse: "Eu ia respirar mais aliviado, se você me dissesse um dia que sua mãe está para se casar de novo, ou que pelo menos está feliz... de bem com a vida! Sabe, Maurício, eu tive de aprender que a gente não consegue fazer ninguém ser capaz de ser feliz. Eu tive de aprender...". E entendi que ele só disse isso tudo para que eu não falasse mais da minha mãe, nunca mais, a não ser quando pudesse dizer que ela estava bem. Pensei em inventar umas mentiras, umas histórias, sobre um namorado dela, um novo emprego, do qual ela não vivesse se queixando: "Sabe que minha mãe parou de fumar?", eu lhe diria. Mas para quê? Foi por isso (assim, coisa que ficou entendida sem a gente dizer um pro outro) que firmamos um acordo. Não falamos sobre minha mãe, eu nem tinha o que lhe dizer sobre ela.

Acho que no nosso acordo, meu e do meu pai, entra também não conversar sobre como minha mãe atormenta a minha vida.

Mas minha mãe ia ficar uma fera comigo, se soubesse que a gente não conversa sobre ela. Que a gente simplesmente não fala dela.

Ela não sabe desse acordo. É outro segredo. Como o da doutora Amélia. Meu pai sabe da doutora Amélia, mas não pergunta o que eu faço lá... Uma vez, ele disse: "Todo garoto na sua idade precisa de... orientação vocacional...". Foi outro acordo entre a gente. Para ele, eu fico recebendo orientação vocacional com a doutora Amélia. Nada mais.

Minha mãe me olha. Ela sabe que estou pensando coisas que não quero lhe dizer. Que não vou lhe dizer. E isso a deixa irritada. Preferia voltar para o meu quarto, mas apenas espero ela começar a fazer as perguntas de sempre. Ela pergunta como eu estou, como vou no colégio... e, finalmente, por que não estava em casa, quando ela telefonou...

— Eram três horas, você já devia ter chegado do colégio.

Fico olhando para ela, sem responder. Não quero contar. Não posso. Acabo inventando qualquer coisa.

— Você está mentindo para mim! — ela grita, e amassa o cigarro. Vai acender outro daqui a dois minutos.

Se eu dissesse a verdade, ia ser pior. Tento convencê-la de que ela está imaginando coisas...

— ... como sempre! — digo.

— Você está me chamando de maluca?

Não respondo. Precisava chamar? É só olhar para ela. O jeito como treme. O jeito como fica com raiva. Mas eu tenho vontade de dizer: "É isso, sim! Você é louca! Louca! Me deixa em paz!".

Ela entende o que eu não digo e se levanta da cadeira.

Vai acontecer...

Ela me dá um tapa na cara, com toda a força. Sinto o rosto arder. Não entendo mais o que ela diz. Ela berra, e chora, e diz que eu torno a vida dela ainda mais difícil. Eu corro para o meu quarto, me tranco. Daqui a pouco, ela virá atrás. Vai se encostar na porta, do lado de fora, chorando mais ainda e pedindo desculpas. Vai se deixar cair no chão e me implorar que abra a porta. E eu vou saber que ela está ali, no chão, arrasada. Vou ter vontade de abrir a porta, para que ela não fique assim. Mas vou ter medo de abrir, também, porque pode começar tudo de novo.

Às vezes, não. Às vezes, para compensar, ela pede uma pizza, pelo telefone, e a gente janta, juntos, ela fazendo de tudo para me agradar. Noutras, quando a pizza chega, já não adianta mais nada. Já aconteceu tudo de novo.

Eu me chamo Maurício. Tenho 13 anos. Sei que sempre, cedo ou tarde, acontece de novo.

— MAS do que você tem medo, Tina? — a doutora Amélia me pergunta.

Não sei responder. Aprendi que é muito difícil explicar o medo que a gente sente a uma pessoa que não sente o medo da gente. Aprendi que o medo que eu sinto é uma coisa...

Simplesmente uma coisa.

Uma coisa que eu sinto. O tempo todo. Medo de tudo.

Olho para a porta. Sinto medo de que ela se abra de repente e alguém descubra o que estou conversando com a doutora Amélia. Sinto medo de que o relógio em cima da mesa dela esteja marcando o final da consulta e que eu precise sair. Aqui dentro é o único lugar onde esqueço o medo, quer dizer...

— ... um lugar onde você não tem medo do medo que você sente? — ela sugere. — Um lugar onde você consegue pensar sobre esse medo?

É mais ou menos isso. Mas esqueço também o medo de que meu pai machuque meu rosto, quando ele me espanca, e que eu precise sair pela rua marcada, com olho roxo, um rasgão no supercílio, coisa assim, e que todo o mundo me olhe, e que adivinhem, todos, o que aconteceu.

— Tina! Você não pode ficar envergonhada do que acontece entre você e o seu pai. Ele é que devia sentir vergonha. Já prometi a você, na hora em que você se decidir a pedir ajuda... A polícia... Um juiz de menores...

— Não!

— Por que não?

Também não respondo. É difícil explicar uma coisa que a gente sente a quem não sente o mesmo.

— Você está tentando uma coisa impossível, sabia?

— Por quê?

— Tina... Não adianta tentar entender por que seu pai bate em você. Provavelmente nem ele sabe. Ele é... ou está doente. Não consegue se controlar. Pode ser que sinta raiva de alguma coisa. Ou do mundo. E você está lá, perto dele, para ele descarregar a raiva. Pode ser só por isso, você está perto dele quando ele não consegue controlar a raiva, daí ele espanca você e nada acontece a ele. Mas e daí se a explicação for que é mais fácil descarregar a raiva em você do que em...?

— Isso é...

— Cruel! Muito! É, sim, Tina. É cruel.

— Não pode ser só por isso.

— Tá... E se for outra explicação qualquer? Ajuda saber por que ele faz? Ele tem é de parar de fazer! E você deve pensar em você! É a sua vida, Tina. Você tem de...

— Não!

— Por quê?

Começo a ficar nervosa. E com raiva. A consulta já vai acabar e, mais uma vez, não consegui chegar a lugar nenhum. Sei que aquele garoto já deve estar lá fora, esperando a porta se abrir. É como se ele estivesse me expulsando daqui. Ele sempre está lá fora, me olhando sair, de um jeito disfarçado... como se adivinhasse. Queria trocar de horário, para não me encontrar mais com ele na sala de espera. Mas a doutora Amélia não tem outro horário para mim. Tenho medo de que aquele garoto acabe adivinhando tudo!

— Tina, escute, você veio aqui pedindo orientação vocacional. Mas você sempre soube que o problema era outro. E começamos a conversar a respeito porque achamos que isso poderia ajudar você. Mas, aqui dentro, a gente somente pode conversar sobre o seu problema. Você precisa de outro tipo de ajuda.

Começo a chorar.

— Se pelo menos você me deixasse falar com seu pai...

— Não!

— Por quê...? Desculpe, Tina, mas eu vou continuar perguntando por que e por que, até você entender que precisa fazer alguma coisa. Você está paralisada, Tina. Com medo de tudo... É natural, mas isso não vai resolver a situação. Eu sei que você gosta dele também! Escutou direito, Tina? *Também*! É isso que deixa você tão confusa. Ele bate em você, você tem pavor dele... e gosta dele também.

"Eu não gosto dele!", grito lá por dentro. Mas me dói, meu próprio grito me machuca. Eu o odeio, o grito, por ter se soltado de mim.

— ... Tina, a culpa não é sua! É dele! Sabe quantos garotos passam pelas mesmas coisas em suas casas? Quantas mulheres e meninas aí fora são espancadas e ficam caladas? Por que manter isso, Tina? Por quê?

Eu não respondo, e minha hora termina. A doutora Amélia me encara pacientemente. Sei que devo me levantar da poltrona. Não quero, mas vou precisar levantar, e abrir a porta, e cruzar com aquele mesmo garoto lá fora, com seu olhar dissimulado.

— Você não precisa vir aqui apenas no horário marcado, Tina. Se precisar de ajuda, a qualquer hora, eu estou aqui para conversar com você.

— Eu sei...

Eu não tenho mais ninguém para conversar. Tenho medo disso também. Se perder a doutora Amélia, não vou ter mais ninguém com quem conversar.

ELA é tão bonita...

Já a vi várias vezes no colégio, de passagem. Sei o nome dela — a doutora Amélia deixou a agenda aberta na mesa, uma tarde, e, enquanto eu estava esperando, dei uma olhada. Só queria descobrir o nome dela. Cristina. Ela não sabe meu nome. Nem me olha, quando passa por mim na sala de espera.

E por que é que ela ia me olhar? Eu também não consigo olhar direito para ela...

Se pelo menos uma vez eu tivesse coragem de olhar bem nos olhos dela e dizer alguma coisa... A gente se encontra duas vezes por semana, sempre à mesma hora, e eu nunca consigo dizer nada. Quando chega perto da hora de ela sair da sala, sempre penso em falar alguma coisa. Mas ela aparece, e eu me escondo.

Que raiva!

Eu me escondo...

Ali, enterrado naquele sofá, eu me escondo. A sala é revestida de um papel de parede. Já conheço o labirinto dos desenhos, já andei por todos os caminhos. Tenho todos gravados de cor e, em meu quarto, trancado, quando sinto que minha mãe chegou em casa... me enfio por dentro do labirinto. Tentando escapar.

Quando ela me pergunta por que ando chegando mais tarde do colégio, às terças e às quintas-feiras, eu me escondo. Tenho vontade de dizer: "Estive passeando pelo labirinto, um lugar que você nunca vai poder conhecer". Mas não digo nada. Sim, preciso me esconder, bem lá no fundo, senão ela arranca de mim o segredo. Às vezes eu sinto que é o único segredo que eu tenho. Quer dizer... o único segredo bom que eu tenho, o único lugar onde posso me esconder.

E, se estou escondido ali, como é que a Cristina vai me ver, como é que vai me notar?

Ela é tão linda! Quando ela passa, eu me escondo.

Mas me esconder não é tão ruim, às vezes. Escondido posso pensar mais na Cristina, em estar numa festa, e ela também, em me aproximar dela e dizer: "Puxa, a gente se encontra tanto... Você não acha que a gente devia começar a se falar?".

Que coisa boba! Que idiota eu sou! Que ódio!

Deve ter uma coisa melhor para dizer. Afinal, ela vai estar na festa, rindo, dançando, cheia de amigos em torno dela, de garotos de olho nela... Ela é tão linda! A cintura dela... é tão bonita... Daquela vez que eu a vi saindo com uma blusa mais curta, a calça daquele tipo mais baixo, vi a cintura dela... Tão bonita!

E ela vai estar lá, numa festa, numa dessas festas em que eu nunca vou estar. É isso. Nunca vou encontrar com a Cristina numa festa porque eu não vou a festas.

Eu me escondo.

Tocou o telefone.

"Calma, Tina", pensei. "É apenas o telefone. O que é que tem de mais tocar o telefone, alguém chamar por você? O que é que tem?"

Não devia ter é pensado nada, devia ter ido logo atender. Ele chegou antes de mim.

— Alô! — ele disse. Tão rude! Se eu estivesse do outro lado da linha, levava um susto, desligava. Um instante, ele ouvindo... — Uma tal de Gabriela! Você pode atender? — ele disse, bem para ela escutar. ("Eu não gosto dele! Eu detesto ele!")

Assenti com a cabeça, muda, e ele me passou o telefone. Deu dois passos para o lado e ficou me encarando.

— Alô! — eu disse.

— Oi, Tina, tudo bem? — Senti a voz dela sem graça.

— Tudo...

— Desculpa...

— Pode falar... — E meu pai me encarando...

— É que a gente tinha combinado...

— A matéria de História... Tá, eu levo pra você amanhã. — Tinha mais coisa que eu queria dizer, ela era uma garota legal, todo o mundo combinava programas com ela...

— Obrigada — ela disse.

— Então, tá — disse eu. ("Será que ela estava esperando eu dizer mais alguma coisa? Que boba que eu sou, a primeira vez que a garota me liga, uma garota que eu queria — tanto! — que virasse minha amiga e que amanhã vai dizer para as amigas dela que eu nem sei conversar. Mas como é que eu posso, com ele me olhando?")

— Tá... tchau.

— Tchau.

Desliguei o telefone, e ele ficou me olhando. Fui para o meu quarto, e ele continuou me olhando.

Minha mãe entrou no quarto para me perguntar se eu queria sair com ela:

— Só nós duas! A gente bate perna no *shopping* à vontade, olha todas as vitrinas, experimenta um monte de roupas, e se você encontrar alguma coisa bonita...

Fiquei olhando para ela, um instante, sem coragem de dizer que eu não queria ficar bonita, que não adiantava roupa nenhuma, que roupa nenhuma ia fazer eu me sentir bonita...

— Tá bem! — respondi.

Me vesti depressa, a gente passou pela sala, meu pai lendo jornal. Sorriu quando minha mãe disse o que a gente ia fazer.

— Compra uma roupa bem bonita para a Tina! — ele disse. — Bota no cartão! Você sabe o que deve usar esta semana, não sabe? — perguntou para minha mãe. — Compra alguma coisa para você também e... acho que a gente podia jantar fora esta noite!

Ele sorriu de novo, minha mãe sorriu também, feliz da vida. Eu também devia sorrir, acho. Não sorri, afinal. Eles ficaram olhando para mim, como que pedindo que eu sorrisse, e eu não sorri. Meu pai soltou um resmungo qualquer e voltou para dentro do seu jornal. Minha mãe fechou a cara e foi indo na frente para o elevador. A gente descendo, eu sentindo que ela não ia se segurar. Acabou mesmo dizendo:

— Você nunca está satisfeita com nada, Tina!

— Não dá pra fingir, sabia?

— Lá vem você com essa história de novo...

— Por que você nunca aparece, quando ele me bate?

— Até parece que ele bate em você o tempo todo. Ou que você é dessas crianças infelizes, que moram em barracos e o pai chega bêbado em casa e... e... Meus pais também batiam em mim, às vezes, e eu nunca fiquei com raiva deles. Os pais dele, do seu pai... Minha nossa! Minha sogra era uma fera! Mas você tem tudo nesta casa. Tudo o que o seu pai pode, ele dá a você. E você está piorando, anda cada dia mais revoltada! Essa psicóloga está pondo coisas na sua cabeça e você está me obrigando a mentir para o seu pai por causa dela.

— Por causa dela, não, mãe, por minha causa... Por mim!

— Eu nem consigo mais dormir... Vivo tensa. Olha minhas mãos... estão tremendo!

— De medo dele... Até você tem medo dele.

— Se ele descobrir...

— Mãe, você prometeu!

— Eu não vou contar... não vou... Você é que devia contar. Você devia é conversar com seu pai, em vez de ficar falando das intimidades da gente com estranhos, com uma mulher que pode nem saber o que é uma família. Vocês dois é que têm que se entender.

Fiquei olhando para ela um instante.

— Você promete que vai tentar se dar melhor com seu pai? Se vocês conversassem mais, você não ia mais querer essa psicóloga. Ele é seu pai, não é seu inimigo! Ele gosta tanto de você!

Eu continuava calada, olhando. Só olhando.

— Eu estava morrendo de aflição para pedir isso a você...

— O que você quer? Que eu largue a doutora Amélia?

— Eu quero... Ah, meu Deus. Você também precisa ser tão cabeça-dura? Quando vocês brigam, você diz cada coisa para o seu pai... Ele fica arrasado com a raiva que você sente dele.

— Então, para se consolar, ele me bate.

— Tem coisa que dói mais do que pancada, sabia? Num pai, numa mãe, tem coisa que dói lá no fundo!

— Ele me bate porque sou mais fraca do que ele. Porque não posso me defender.

— Você provoca! Você...

— Mas eu não bato nele!

— Você só sabe falar nisso, que coisa!

— Ele já bateu em você?

— Até parece! Cristina! Me respeite!

Eu sorri. Não estava contente. Mas, se era o que ela queria, conseguiu me fazer sorrir.

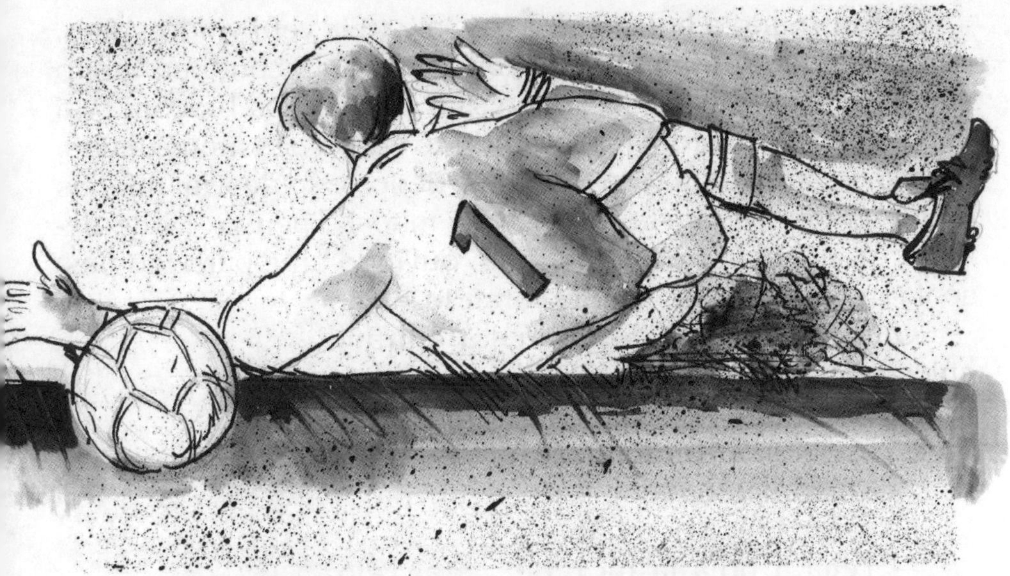

A BOLA está lá do outro lado, no ataque. Um cara do meu time tenta um drible, mas se atrapalha, o adversário corta a jogada, toca rápido para o meio de campo deles, e eu sinto um frio na barriga. A bola está vindo para cá e, de repente, meus pés parecem de concreto, as traves como que se afastam ainda mais, me deixando sozinho de vez, no meio do gol. Eu rezo... e funciona. Alguém na nossa intermediária rebate, e a bola está no ataque de novo. Meu time troca passes e o pessoal do outro lado não acha a bola. Alguém engatilha o chute, mas é travado com um carrinho. O professor de Educação Física sopra o apito: falta.

Eles armam a barreira. Fico agitado que nem macaco, aqui do gol. Estou vendo um jogador nosso livre, entrando pela direita. "Passa pra ele!", torço. Devia berrar: "Na direita! Na direita!". Não berrei e — tarde demais — nosso jogador tentou bater por cobertura. Acertou apenas a barreira. Nosso time recua, alguém deles faz um lançamento rápido. Em dois toques, já estão no bico da nossa área.

— Corta o cruzamento! — alguém grita para mim. — Sai do gol, goleiro!

Estou vendo a bola lá no alto. Salto. Ela vem vindo. Aflito, percebo que meu impulso acabou, e a bola continua muito alta, vindo cada vez mais depressa. Estendo os braços. "Vai dar!", penso. Já estou quase sentindo a bola nos meus dedos. E sinto mesmo... Ela toca em meus dedos e se desvia, minhas mãos tentam segurá-la. "Fechar as mãos!", penso. Tarde demais. Eu me esborracho no chão, ouvindo uma parte do pessoal em campo urrar, comemorando.

Olho para trás... A bola está entrando, quicando mansa para dentro do gol.

— Não vai se levantar não, idiota? Que frango mais sem-vergonha! Gol contra! Você é que mandou a bola pra dentro.

Eu permaneço no chão.

— Pega a bola lá na rede, cara! Pelo menos pra isso você serve!

O rosto vermelho de raiva, o garoto tem os olhos cravados em mim. Não consigo me mexer. Olho a bola novamente. Está parada dentro do gol.

— Você está enterrando o time! — ele grita.

Olho a bola. Apenas olho a bola. Queria que ela não estivesse ali, dentro do gol que eu deveria proteger.

— E aí, babaca? Não vai pegar a bola?

Tem gente me olhando, o cara continua berrando comigo. O professor de Educação Física se aproxima e dá uma bronca no garoto. Fico mais envergonhado ainda. Eu é que devia me defender, xingar, mandar ele à...

— Não é justo! — ele reclama com o professor. — Você sempre põe um babaca desses no meu time!

— O time não é seu! — diz o professor. — Isso aqui é aula, sabia? Vai mandar no time lá da sua rua! Aqui, não.

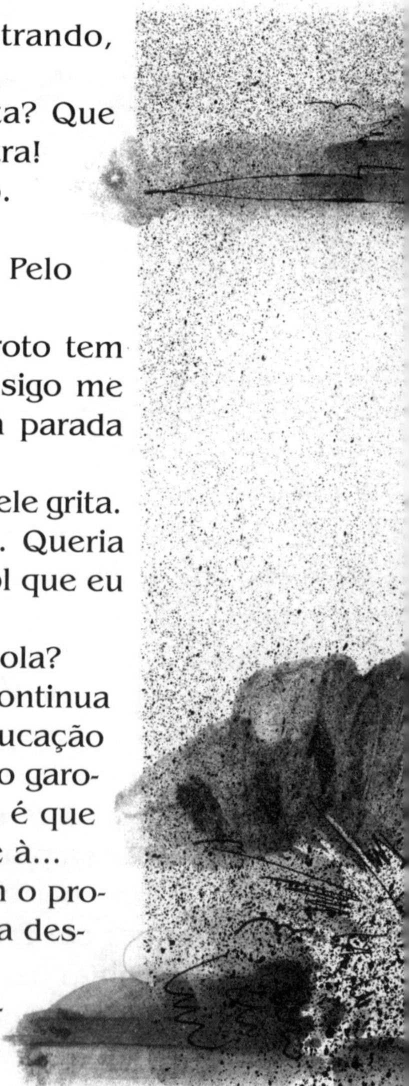

O garoto continua reclamando. Vira-se para mim com raiva:

— Eu te pego lá fora! — ameaça.

O professor o expulsa. Ele é o melhor jogador do time. Todo o mundo olha para mim, me culpando. Eu começo a tremer.

— Volta para o gol, Maurício — pede o professor.

— Não... eu não quero...

— Maurício, você levou um frango. Acontece. Volta para lá, agora, e continua a agarrar!

Eu balanço a cabeça, com medo de começar a chorar. Os dois times estão parados, esperando. Um garoto reclama:

— Tá acabando a hora da aula! Pô, por causa desse panaca, a gente não vai mais poder jogar?

Eu me dou conta de que ainda estou no chão. Me levanto.

— Volta para o gol, Maurício — dessa vez ele manda.

Eu volto. É a última aula do dia. O garoto que foi expulso vai se cansar de esperar por mim lá fora. Vou ficar matando tempo até a hora da minha consulta com a doutora Amélia. Preciso chegar uns dez minutos antes, ao consultório, no terceiro andar, para ver a Cristina saindo da sala. Ainda penso: "E se a Cristina estava assistindo ao jogo? Ela viu o frango que eu tomei, viu aquele cretino gritar comigo, viu que eu fiquei sem dizer nada... que eu me escondi... Ele gritando comigo, quase como se fosse me dar uma bofetada, e eu me escondi...".

Mas as garotas não ficam assistindo à aula de Educação Física. Quando é jogo do time do colégio, ainda vá. Só que, mesmo que goste de futebol, a Cristina nunca vai me ver agarrando no time do colégio... Nunca que iam me dar uma vaga.

Eu gosto de ser goleiro. Adoro saltar, chegar na bola, adivinhar onde ela quer entrar, não deixar ela entrar... Eu vivo sonhando com isso, com lances... Alguém bate um pênalti, eu pulo... e consigo desviar a bola com as pontas dos de-dos, eu sonho. É aí que eu queria que a Cristina me visse jogar, eu sonho. Eu me imagino até tomando gol, mas daqueles impossíveis de agarrar, daqueles que a gente voa, atravessa a área em câmera lenta, voando, e a respiração de todo o mundo para, sem saber o que vai acontecer, eu voando, eu sonho, mas a bola passa, estufa a rede — essas coisas do jogo —, e eu caio no chão com ódio de não ter conseguido, frustrado, o mundo se acabando, eu sonho, e a torcida se levanta, ainda um segundo de silêncio, dois segundos, e a torcida começa a aplaudir, a gritar meu nome, reconhecendo meu esforço, minha garra, meu amor pelo time, pela seleção brasileira... eu me levanto, triste, mas aceno para eles, para a torcida, um aceno apenas, agradecido, eu sonho!

Esse colégio é tão grande... Eu nem sei qual é a sala da Cristina. Não, ela não viu nada, não vai ficar sabendo de nada, eu posso me esconder lá na sala de espera e ela nem vai me ver de novo quando passar. E, depois, eu vou poder falar do tal garoto para a doutora Amélia e do medo que eu tive que ela... que ele viesse para cima de mim para me dar uma bofetada.

Eu fingia que não estava olhando para ele. E teve uma hora que eu percebi que ele também estava fingindo não estar olhando para mim.

Olhei o relógio umas dez vezes, xingando a doutora Amélia por me deixar ali esperando, junto com ele.

Já havia falado tantas vezes para ela que me incomodava sair depois de toda sessão e dar de cara com ele, mas ela me disse:

— Tina, meus horários estão todos ocupados no momento. Mas, mesmo que eu consiga colocar sua sessão em outro dia, vai adiantar?

— Claro que vai! Não vou mais ter de cruzar com aquele garoto.

— E você quer que eu mande esvaziar a sala de espera toda vez que você passar por ela? Ou, talvez, quem sabe seja melhor eu abrir um buraco na parede, para você passar daqui direto para o corredor, escondida? Ah, mas pode ter gente no corredor também, não é? Eles vão ver você sair da passagem secreta. E aí...?

Foi numa dessas vezes que eu briguei com ela. Mas não me conformava. Ele continuava lá quando eu saía da sessão, me olhando...

Fingindo que não estava olhando, agora eu sei.

Enquanto eu fingia que não olhava para ele quando passava. Do mesmo jeito que a gente estava lá, naquela sala.

"Eu vou embora!", pensei. "A doutora Amélia não podia fazer isso comigo, me deixar aqui esperando... Se ela não vem, tinha que ter avisado, não tinha? E por que esse chato chegou tão cedo hoje? Será que ele não tem mais o que fazer?"

Eu fingindo que não olhava para ele, ele fingindo que não olhava para mim, e eu já não aguentava mais. Então ele disse:

— Puxa, a doutora Amélia tá um bocado atrasada, hein?

"Tá, não!", pensei em dizer. "Meu relógio é que ficou com pressa de acabar o dia de repente!". Mas o que eu disse mesmo foi:

— É...

E continuei fingindo que conseguia não olhar para ele. Só que ele não estava mais fingindo que não olhava para mim. Silêncio, muito silêncio. E ele olhando para mim.

— Eu estou aqui para orientação profissional, sabe? — ele disse.

Eu balancei a cabeça, acho que dizendo que sim, que sabia. E ele calou a boca novamente. Mas continuou olhando para mim.

— É meio cedo para eu me preocupar com isso, você não acha?

Dei de ombros. Acho que sorri também, mas só porque lá por dentro pensei: "E eu com isso?".

— Mas é que meu pai anda querendo que eu faça uns cursinhos... de computador...

"Dane-se!"

— E eu... não sei se essa é bem a minha, sabe?

"Cala a boca, chato! Quem é que disse que estou interessada na história da sua vida?"

— Quer dizer, ele, o meu pai... Meu pai é separado da minha mãe...

"Socorro!"

— Mas eles se dão bem, são amigos, sabe?

"Vou vomitar!"

— Daí, eles conversaram... Sabe aquela história que eles vivem dizendo, que eles é que sabem o que é melhor pra gente?

— Sei... — eu disse, e depois me arrependi. Achava que se conseguisse ficar completamente calada ele ia acabar desistindo de puxar conversa.

— É... eles vivem dizendo isso. Eles ficam me dizendo que computador não é só pra quem estuda engenharia, que hoje todo o mundo tem que entender de informática... E até me prometeram uma máquina de última geração, sabe?

"Sei tanto de computador quanto de criação de piolhos!", pensei. Mas balancei a cabeça... "Não tô nem aí! Chatice!"

— Só que esse negócio de cursinho fora do colégio acaba tomando todo o tempo da gente. E eu jogo futebol também.

— Aqui no colégio? — Saiu sem querer, juro... E foi só isso, pra ele se animar.

— Não, o time daqui é muito fraco. Eu jogo lá no clube... na seleção do clube. Sou goleiro!

— Puxa, você deve jogar bem, hein? Daqui a pouco assina um contrato de uns milhões de dólares e vai pra um time da Europa — eu disse (e pensei: "Já tenho o que pedir ao meu anjo da guarda! Que esse cara assine o tal contrato logo e desapareça daqui!").

— Ah, não sei. Vida de jogador é muito dura!

— Demais! Ganham uma fortuna para correr atrás de uma bola idiota.

— E os treinos? E a musculação todo dia? As contusões? E não é todo cara que consegue ganhar dinheiro, não.

— Todo jogador que eu conheço é rico. — "Pronto, entrei no papo. E agora?"

— Isso é porque você só fica sabendo desses que aparecem no jornal. Mas poucos chegam a ficar famosos, sabe? A maioria ganha uma porcaria, em clubes pequenos. Mesmo na reserva de clubes grandes, ninguém ganha tanto assim. E jogador de futebol tem um tempo curto. Poucos continuam jogando até os 40 anos.

— É... — eu disse, bem desinteressada, pra acabar logo com a conversa. Mas ele continuou olhando para mim.

— É, tô com medo de acabar sem tempo pra fazer as outras coisas.

— Que outras coisas? — "Droga! Que idiota que eu sou! Lá vai de novo..."

— Ah, você sabe. As mesmas coisas que todo o mundo faz. Praia, festa, cinema...

— Ah, essas coisas...

— E tem meus amigos também!

— É... Claro.

— É por isso que estou aqui na doutora Amélia!

"Que problema o seu, hein, cara? Coisa séria mesmo, puxa!"

Silêncio.

"Só falta ele perguntar: E você? O que é que está fazendo aqui? Daí, eu respondo: Sabe, é que de vez em quando dá a louca no meu pai, e ele me bate até cansar. Daí, eu estou aqui para... Para que mesmo? É, por que estou aqui, esperando pela traidora da doutora Amélia, que resolveu que hoje ia me abandonar? O que ela vai conseguir fazer a respeito da doidice do meu pai?"

— Eu também estou aqui para... decidir umas coisas, sabe? — eu disse.

Ele arregalou os olhos, admirado.

— É mesmo?

— É... Meus pais querem... Bem, eles estão achando que ia ser bom eu estudar um ano nos Estados Unidos. Esses programas de intercâmbio, morar com uma família de lá, estudar numa escola americana, sabe...?

— Legal! Puxa, ia ser demais mesmo!

— Ah, eu não sei. Não estou muito animada, não. Já pensou? Largar tudo aqui! E o verão, cara? As minhas férias, né? Bom, isso ainda vai demorar. Só pode ser no ano que vem, ou daqui a dois anos.

— E você já está se preparando, é?

— É... Quer dizer, eles é que cismaram que eu já preciso ir pensando no assunto.

— Gente mais velha sempre quer planejar tudo, né?

E a gente riu...

— É, quer dizer, umas garotas que eu conheço foram para lá estudar, com 15 anos.

— E você tem quantos?

— Treze.

— Eu também. Meu nome... é Maurício.

— E o meu é Tina. Cristina.

Ele sorriu, e não entendi nada daquele sorriso dele. Não gostei. Na hora, eu não gostei.

— Gozado a gente nunca ter se encontrado aqui no colégio, né? Quer dizer... fora daqui, do consultório...

— Mas eu já vi você, sim, Tina. A gente estuda em prédios diferentes, né? Você é do Bloco A...

— Como é que você sabe?

— Ah... É que... Bem, só tem turma de 7ª série no Bloco A e no D. O meu é o D, daí... eu então...

— Ah, tá...

Foi nessa hora que a doutora Amélia chegou, super-ofegante, pedindo desculpas. Entrei junto com ela, dei um tchau pro Maurício... Quando saí, ele não estava mais na sala de espera.

"Hum...", resmunguei. Eu achava que ele ia estar lá, esperando para me ver passar.

Tá, fiquei, sim. Fiquei chateada.

CRETINO!

Babaca!

Idiota!

... Covarde! Fujão, babaca, burro, debiloide! Ridículo!

Eu acho que nunca me xinguei tanto na vida quanto ontem à noite, sozinho no meu quarto, quando percebi que... Eu fugi! É, com medo da mamãe, pode? Se alguém algum dia descobrir uma coisa dessas, eu tô acabado... Droga! Nem precisa ninguém descobrir, né? E eu, não tô sabendo?

Mas ela não sabe, isso é que é importante!

É que foi me dando uma agonia, a doutora Amélia atrasada daquele jeito e eu fazendo as contas, na cabeça: a consulta da Cristina, depois a minha, mais meia hora de ônibus até chegar em casa... E se hoje eu pegar um táxi? Será que eu tenho dinheiro pra isso? Não, droga, a grana não vai dar. Droga, droga...

E a Cristina, lá, sentada, na minha frente...

Imaginei isso tantas vezes, nem sabia dizer como ia acontecer. E ela continuava lá, sentada, na minha frente...

E eu só conseguia pensar na minha mãe. Filhinho de mamãe, é isso! Com 13 anos na cara, como é que pode ter tanto medo assim da mãe? Tanto medo, que eu nem sabia o que dizer, e quando disse...

Puxa, quanta bobagem que eu inventei. E não conseguia mais parar de falar besteira. Eu achei...

Acho que fugi mesmo nem foi por causa da minha mãe. Que diferença ia fazer chegar um dia um pouco mais fora da hora? Minha mãe já está até se acostumando. Mas é que eu disse tanta idiotice, tanta mentira... O nervoso que me deu... Estraguei tudo! Nunca mais vou conseguir aparecer na frente dela, nunca! Já era!

Mas...

Dane-se!

(Pausa. O que importa é que devo ter alguém lá em cima para consertar as besteiras que eu faço, certo? Um grande time, eu e meu protetor lá de cima — todas as que eu deixo passar, ele bloqueia! Daí, fiz a besteira ontem e hoje, então...)

É, *hoje!*... Importa é que hoje... Puxa, eu nem acredito!

Hoje, vi a Tina de longe. E ela sorriu pra mim, quando cheguei perto. Acho que ficou contente de verdade de me ver.

— O que é que aconteceu, ontem, hein? Teve de sair pro seu treino de futebol?

— É... Meu treinador é muito brabo! E quando a gente está no time do clube, precisa ter responsabilidade, sabe?

— Vocês estão disputando um campeonato?

— ... Claro... Campeonato Municipal! Na categoria da gente, os juniores, quer dizer, os juvenis...

— O seu time está bem colocado?

— Mais ou menos... A gente andou tendo azar nuns jogos, sabe?

— Quer dizer que você andou tomando uns gols, né?

— É... coisas do jogo...

— É...

— Você gosta de futebol?

— Mais ou menos. Quer dizer, eu não entendo nada. Na televisão, me dá sono.

— Você nunca foi a um estádio?

— Não, tenho medo da confusão... Quer dizer... Tenho umas amigas que vão num grupo, com os namorados. Eu nunca quis...

— Seu namorado... também gosta de futebol?

— Ah, namorei um cara que era fanático, sim!

— Mas... agora...

— Eu não tô namorando ninguém.

— Nem eu!

Cara, eu berrei aquilo, a Tina levou o maior susto, arregalou os olhos... Depois a gente ficou se encarando, sem dizer nada. Tremi. Foi o jeito dela de me olhar, sei lá. Eu sabia que tinha de dizer alguma coisa, só não sabia o quê. Daí, imaginei: "Pronto, a gente vai se dizer: *Então, tchau!*, um pro outro, vai se dar beijinhos no rosto... ou nem isso... E amanhã, na quinta-feira, quando ela sair do consultório da doutora Amélia, vai ser do tipo: *Oi, Maurício!, Oi, Tina!, Então, tchau, Maurício!* (de volta à estaca zero) e *Então, tchau, Tina!* e mais nada, ou ela vai me perguntar de novo sobre meu time no clube e eu já não aguento falar nessa coisa, que não sei por que tive a burrice de inventar". Ela continuava me olhando, e eu sem saber o que ia dizer... Mas de repente veio:

— Olha, você gosta de cinema, né?

— Adoro!

(Ela continuava me olhando daquele jeito. Meu pai me disse um dia: "Maurício, quando uma mulher olha bem nos seus olhos, você está perdido. Você vai descobrir isso!". Eu achei aquilo ridículo, papo machista dele — meu pai tem dessas coisas... —, mas ali naquela hora me lembrei disso e de que, se eu fugisse de novo, se eu largasse aquele olhar da Tina, daquele jeito, sem mais nada, aí sim é que ia estar perdido, quer dizer, eu me suicidava, quer dizer, suicídio era pouco, quer dizer... Droga! Que nervoso!)

— Vamos juntos? — pronto, já disse. (E se ela respondesse que não, eu também me suicidava de vergonha, para nunca mais aparecer e...)

— Ver o quê?

O babaca, otário, idiota nem tinha pensado nisso, que ninguém vai ao cinema comer pipoca, sentar na cadeira e ficar olhando para a tela vazia... Mas também, que droga! Não tava importando porcaria nenhuma o que a gente ia ver, não é? Para mim, não estava.

— Sei lá... Quer dizer, que tal... *Bofetões sangrentos IV*? É uma história de muita ação que...

— Ah, Maurício, não gosto desses filmes de pancadaria, sabe? Isso... é coisa de garotos!

— É? Claro... Claro que é... Eu... Tina!

— O que foi?

(Seja quem for que me protege lá em cima, meu muito obrigado por, nessa hora, ter colocado na minha boca exatamente o que eu devia dizer, sem nunca ter tido coragem de nem pensar em dizer...)

— Eu vejo o filme que você quiser, tá? Eu quero é ir ao cinema com você.

Ela baixou os olhos, saiu caminhando devagar. Eu não entendi nada. Só sei que fui atrás dela... Uns dez passos, ela parou, se voltou para mim, me olhou daquele jeito de novo e fez que sim com a cabeça.

Foi, foi isso mesmo, foi ali que aconteceu a coisa mais importante de toda a minha vida.

Ela fez que sim!

Bem, acho que tá na hora de perguntar: E agora?

E AGORA?

A televisão está ligada na sala. O liquidificador está ligado na cozinha. Pela janela, estou ouvindo barulho de carros, de gente botando suas casas para funcionar. Tudo como sempre.

Tudo como sempre, e mesmo assim cada coisa dessas fica me perguntando: E agora?.

Aproveitar que meu pai estava trancado no banheiro falando ao telefone sem fio, como ele sempre faz, para eu poder sair de casa sem interrogatório ("pra que esse *short* tão curto?; essa blusa tão justa, com umbigo de fora?; essa boca tão vermelha?... esse sorriso dissimulado no rosto?")? Tudo bem, vivo fazendo isso. Até aí nada demais. Mentir que vou chegar em casa antes do jantar — já adivinhando que ia comer lá pelo *shopping* mesmo? Tudo bem, isso eu também sempre faço.

Ainda não tinha me dado conta de que ia ser uma coisa diferente. Totalmente diferente. De tudo. Só quando saltei da escada rolante do *shopping*, no andar do cinema, e comecei a parar nas vitrinas, enrolando, é que percebi. Que eu estava diferente. Que tudo estava diferente. Que estava com medo de que ele não estivesse lá. Mas eu tinha certeza de que ele estava lá, sim... E parava em outra vitrina, enrolando ainda.

"O que deu em você, Tina? Tá nervosa com o quê?"

"Já tá sabendo que vai acontecer o quê?", eu devia ter perguntado. Se fosse para ser honesta comigo mesma, perguntava.

Já vim a esse *shopping* um milhão de vezes... neste ano. Já me sentei naquela lanchonete para comer crepes um milhão de vezes também... neste ano (crepes com calda de chocolate; depois reclamo dessas minhas espinhas). Já entrei naquele cinema... sei lá quantas vezes também. E sempre acho que lá dentro tem cheiro de mofo. Sempre reclamo. Dessa vez não lembrei de reclamar. E também não me lembro do filme que acabei de assistir.

Com ele.

Quando vi o Maurício, na entrada do cinema, quando ele se virou e me viu também, e sorriu para mim, juro que só não corri porque o medo foi tanto que fiquei paralisada. Me deu um frio, um nó, uma despencada de montanha-russa, uma onda estourando em cima de mim, me carregando, uma sensação de que fui abandonada sem mais ninguém no meio da Groenlândia. Uma azia. Um tremor.

E agora?

E agora, sim, porque... Ah, se pudesse ser sempre assim, tudo assim, nada que não seja... assim!

(Meu Deus! E ele vai estar me esperando na saída do consultório da doutora Amélia. Como sempre. E agora? Não vai dar pra fingir que não estou nem vendo que ele está lá. Não vai dar para ficar com essa enrolação de viagem — uma viagem que iria fazer daqui a dois anos, que besteira, até parece que vou ficar me consultando com uma psicóloga por causa disso... E agora?)

Se tudo pudesse ser diferente, que nem, que nem...

(Acho que a gente começou a namorar. É, começou, não foi? Mas não podia. E quando ele souber que eu sou uma neurótica? Uma doida? E agora?)

Que nem...

O garoto e a garota andaram e andaram pela floresta (aqui não vai ser num shopping*), na maior felicidade. Haviam sido expulsos de casa — cada um de sua casa, os dois, expulsos pelos pais. Estavam sozinhos, os dois, no mundo. Ele e ela, mas tinham-se um ao outro.*

De repente, à frente deles, surgiu uma cabana encantada. Ou melhor, uma lanchonete que parecia abandonada. Ou, melhor ainda, parecia que a tinham deixado ali, para ela e para ele, porque da lanchonete vinham cheiros deliciosos: batata frita, hambúrguer, torta de maçã. E eles estavam com muita fome. Por isso, entraram na lanchonete.

Aquilo parecia muito estranho, uma lanchonete sem ninguém, mas com tudo funcionando. Eles podiam pegar o que quisessem. Podiam até ficar morando ali, sim, aquela seria a casa deles, se quisessem.

— Será que vai acontecer alguma coisa, se a gente pegar um sanduíche e um refrigerante? — perguntou a garota, que era do tipo ressabiada, como se uma desgraça estivesse sempre escondida, esperando para apanhá-la.

— Acontecer o quê? — desafiou o garoto, que era do tipo valente. E, por causa da confiança dele, ela sentiu-se confiante também.

Então, pularam por sobre o balcão da lanchonete e pegaram os hambúrgueres, que estavam quentinhos, com o queijo derretendo, as batatas fritas, quentinhas também e crocantes, e um refrigerante bem gelado cada um. Daí, foram se sentar numa das mesinhas da lanchonete, rindo muito, fazendo a maior farra.

Subitamente, a garota escutou alguma coisa por trás do balcão. O garoto também escutou. E, também assim de susto, a porta e as janelas da cabana fecharam-se sozinhas, deixando os dois trancados lá dentro.

— Quero sair daqui! — gritou a menina assustada. — Eu sabia!

O garoto imediatamente colocou-se na frente da menina para protegê-la e agarrou uma cadeira para servir de arma. E foi então que o bruxo apareceu.

Ele não dizia nada, o bruxo. E deslizava um palmo acima do chão, como as assombrações. E sorria um sorriso maldoso. E cheirava à crueldade. Foi direto para cima deles. Quando o garoto levantou a cadeira para bater nele, o bruxo fez um gesto e a cadeira desapareceu no ar.

— Esse bruxo vai nos devorar! — adivinhou a garota. — É assim que ele faz. Guarda as pessoas dentro de casa, dá a elas de comer, de beber, e, quando elas estão gordinhas e macias, ele as come.

— Como é que você sabe? — perguntou o garoto, enquanto o bruxo já chegava quase em cima deles.

— Eu apenas sei! — disse a garota, fechando os olhos e preparando-se para o pior.

Mas então o garoto berrou para o bruxo:

— Eu não tenho medo de você!

E encheu o peito de ar. Mais e mais. A seguir, soprou tudo contra o bruxo. A princípio, o bruxo tentou resistir. Mas não conseguiu. Logo o vento que saía do peito do garoto, como um vendaval em alto-mar, o empurrava. O garoto era dono da situação.

— Você vai atirar o bruxo no caldeirão de óleo fervente das batatas fritas? — perguntou a garota, sobressaltada.

O garoto fez que não com a cabeça. Ele não podia responder, é claro. Não com palavras, enquanto estivesse assoprando o bruxo. Com um sinal, mandou a garota abrir a geladeira das tortas — uma daquelas de porta de vidro, que dá para ver o que tem dentro. Um último soprão, e ele mandou o bruxo lá para dentro.

— Depressa! Fecha a porta! — gritou.

Os dois juntos saltaram para fechar a porta, espremendo o bruxo em sua prisão gelada. Dentro da geladeira, ele ficou se debatendo, fazendo caretas perversas e proferindo ameaças. Logo, pingentes de gelo começaram a se formar de sua respiração, caindo do nariz, e suas sobrancelhas embranqueceram, cobertas de flocos congelados. Ele continuava com uma

expressão no rosto tão furiosa e terrível quanto antes. Mas não importava mais. O garoto e a garota o haviam vencido.

Então, um estalo colorido cobriu a sala inteira. A porta e as janelas da cabana se abriram. Só que havia mais alguém lá dentro. Alguém que surgiu de repente, cercada de efeitos especiais. Uma fada. Uma fada boazinha.

— Nunca ouvi dizer que uma fada entrasse nesta história! — reclamou a garota.

A fada sorriu e disse:

— Resolvi aparecer por aqui para dizer a vocês que não devem ser vingativos contra o bruxo. Agora que o venceram, devem deixá-lo ir embora.

— E se ele atacar a gente de novo? — desconfiou o garoto.

— É... tô achando que você tá é do lado dele! — denunciou a garota.

— Ora — disfarçou a fada. — Que bobagem! O bruxo não vai fazer nada contra vocês. Na verdade, ele nem é tão bruxo assim. Vai ver ele ficou chateado... — e a fada apontou a varinha de condão para a garota — com esse batom tão vermelho que você passa na boca.

— Meu batom? Mas o que é que um bruxo tem a ver com isso?

Irritada, e dessa vez sem nenhuma ajuda do garoto valente, a garota medrosa (que nessa altura tinha deixado de ser tão medrosa) tomou a vara de condão da fada e a expulsou da cabana.

— Agora a fada dessa história sou eu! — proclamou a garota. — E tem uma coisa, logo de saída: eu não estou aqui para fazer o Bem. Quero é me fazer feliz!

O garoto aplaudiu, abraçou a garota... E eles se beijaram (assim meio no susto, aproveitando a desculpa, já que ainda não haviam se beijado), comemorando. Tinham a floresta, a cabana e a história toda para eles outra vez.

Ah, se pudesse ser assim!

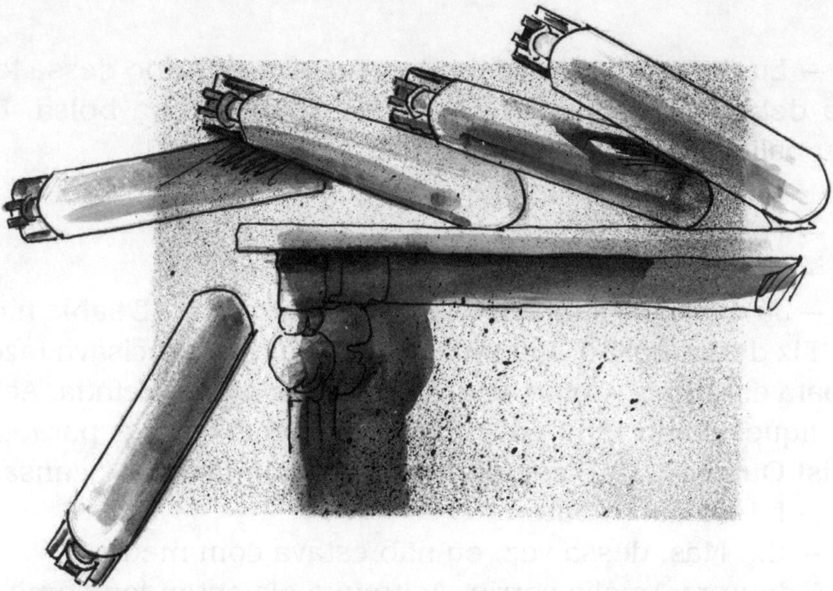

Teve uma hora em que a doutora Amélia não conseguiu mais prender o riso...

— Não acredito!

— Juro, doutora. Joguei todos fora. Limpei a bolsa dela daqueles isqueiros quebrados. Todos!

— Ela deve ter tido um ataque quando descobriu.

— É...

— ... O que foi, Maurício?

— Nada.

— Ela bateu em você de novo, não foi?

— Minha mãe não bate em mim.

— Maurício, a gente já conversou sobre isso, mas, se você quiser, vamos lá outra vez, tudo de novo. O que é bater?

— Ela me dá uma bofetada, só uma bofetada.

— Às vezes, mais de uma...

— É...

— E foi o que aconteceu, dessa vez, não foi?

— Não tem nada, não. Eu já sabia que ela ia fazer isso. Ela foi na bolsa pegar um isqueiro e, quando não encontrou nenhum, veio berrando que eu tinha mexido na bolsa dela.

— E você...

— Eu disse que tinha, sim, que estava cansado dessa loucura dela, de deixar tanto isqueiro quebrado na bolsa. Ela ficou pálida. Precisava ver!

— E deu a bofetada em você.

— Foi...

— E você?

— Já disse, eu sabia que isso ia acontecer... (E sabia mesmo. Fiz de propósito. Era uma coisa... que eu precisava fazer, dá para entender? Como se eu quisesse levar a bofetada. Acho que fiquei doido também.) Então, comecei a dizer para ela: "Mais! Outra vez!". E ela foi me dando bofetadas até cansar.

— E isso não é bater?

— É... Mas, dessa vez, eu não estava com medo.

A doutora Amélia sorriu. Acho que ela entendeu como isso era importante para mim. Eu não estava com medo.

— Agora tem... A Tina... (Tá, essa era a minha maior preocupação, a Tina. Falei, falei, mas era na Tina que eu queria chegar.)

— O que tem ela?

— Ela estava esquisita, depois que saiu daqui... hoje, quando a gente se encontrou.

— Algumas pessoas parecem estranhas depois de uma conversa com um psicólogo, sabia? E você não sabe o que estava se passando na cabeça dela. Por que não liga para ela, depois?

— Ela pareceu tão apressada, tão sem vontade de falar comigo... Depois de ontem, sei lá! Eu achei que a gente estava namorando. Bem, faltou a gente se beijar. A senhora acha...

— Telefona para ela. Pergunta se ela também acha... que vocês estão namorando.

— Ah, que papo! Por que ela ia ficar estranha depois da consulta? Ela só vem conversar com a senhora sobre a tal viagem dela, não é? Isso não é coisa para perturbar ninguém.

— Pergunta para ela...

— A senhora... lembra que eu inventei uma história para ela?

— Você me contou.

— Mas o que ela...?

— Maurício, eu não vou dizer a você nada do que eu e a Tina conversamos aqui, está entendendo?

— ...

— A gente está aqui para falar de você.

— Então, a senhora também não pode contar para ela que eu menti... a tal história da orientação vocacional...

— Eu não vou dizer nada a ela. Mas a você... Essa mentira pode complicar o relacionamento de vocês dois, sabia? Uma hora...

— Mas ela só gosta de mim... porque pensa que eu sou diferente do que eu sou.

— Como é que você sabe?

— Tá na cara!

Então a doutora Amélia respirou fundo, me olhou daquele jeito dela, como se estivesse lendo meus pensamentos, sei lá... E disse:

— Está na sua cara que você não vai conseguir gostar de si próprio, enquanto não mudar, enquanto não ficar diferente do que é, seja lá o que você acha que vai se tornar.

— É tão ruim assim mentir?

— A gente mente às vezes.

— Pra namorada da gente?

— Também. A gente mente, às vezes, para quem a gente gosta. É isso que você quer saber, Maurício? A gente mente quando acha que a mentira é o jeito mais fácil. E às vezes é mesmo. Mas nem sempre...

— Uma hora... ela pode descobrir.

— Ou uma hora você pode não querer mais mentir. Uma hora você pode querer que a Tina goste de você do jeito como você é.

— Isso nunca! Eu me acho... um babaca!

— Mas ela pode não achar.

— Eu não quero que ela saiba de nada.

— Está bem... Mas pode acontecer uma outra coisa também...

— ...

— Você pode mudar. E essa mudança pode ser sentir a necessidade de contar a ela quem é você.

— Não.

— Sabe, Maurício, a gente nem sempre percebe quando tem coisa acontecendo com a gente. Mudanças... Mas elas vão acontecendo, mesmo sem a gente perceber. Tem coisas que escapam do nosso controle. É disso que estou falando. A gente nunca consegue controlar tudo, a gente nunca consegue controlar o sentimento dos outros. Uma hora, essa sua tática de vida, esse seu jeito de engolir tudo, de esconder e disfarçar, pode deixar de funcionar.

— A senhora quer dizer... que não vou conseguir enganar a Tina para sempre. Eu sei! Ela é tão bonita, tem tantos amigos, faz tantas coisas, e eu... Ela vai perceber que eu não sou que nem ela! Eu sei que vai!

— Eu não estou falando da Tina. Estou dizendo que esse seu jeito de lidar com os problemas pode começar a não funcionar mais para você próprio. Dá para pensar nisso?

— ...

Tô pensando. Tô pensando e me dá medo. Medo de perder a Tina. Muito medo. Mas... A gente está mesmo namorando ou não está?

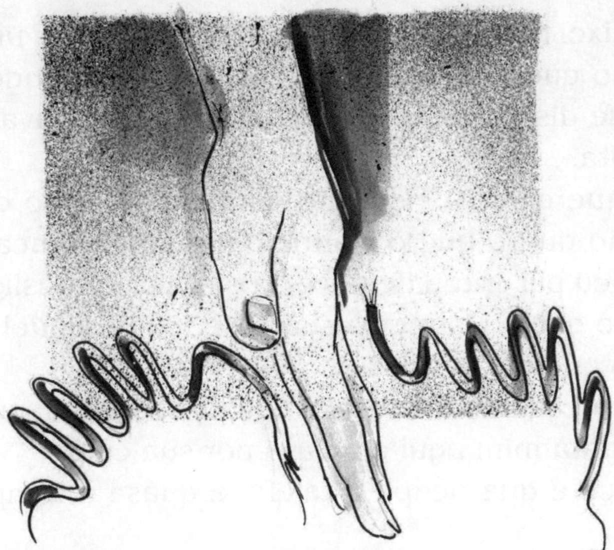

NÃO quero ver o Maurício. Nunca mais.

Não quero ver ninguém, nunca mais.

Não quero mais nada. Nunca mais!

Ia ser melhor se eu morresse.

Ele me batendo, me batendo, me batendo. Ele doido. A cara dele, toda vermelha. E a mão dele me batendo.

— No rosto, não, pai! No rosto, não!

Ele nem consegue falar quando me bate. Sei que ele não consegue pensar também. E que não consegue parar.

— No rosto, não, pai. No rosto, não. Por favor!

Minha mãe... Ela some. Para não ver. Para poder falar aquelas besteiras todas depois, sem ver. Sem ver que ele fica doido quando me bate! Ela some. Ela se esconde. Ela não quer ver.

O Maurício... me ligou. Ele disse que estava falando do clube. Que estava no intervalo do treino. A gente ficou conversando... uns minutos só, sei lá.

— Dá para largar esse telefone? — meu pai berrou da sala. — Estou esperando uma ligação importante. Nunca conseguem falar comigo aqui em casa. O telefone está sempre ocupado.

Eu deixei para lá. Eram só uns minutos. Mais uns minutos. O Maurício querendo me ver. A gente combinando. Ia ser rápido — ele disse que o pessoal do time já estava chamando ele de volta.

Não quero ver o Maurício nunca mais. Não dá! Não pode. Eu não quero que o Maurício me veja. Nunca mais!

Daí meu pai gritou de novo, lá da sala. Eu desliguei. Fiquei com medo que o Maurício escutasse. Eu desliguei o telefone. Não era o que ele queria?

— Está escutando eu falar? Já disse que ninguém consegue ligar para mim aqui em casa por sua culpa!

— Você é que ocupa o telefone quase o tempo todo! — reclamei.

E ele foi ficando nervoso.

— Eu é que pago a conta!

E eu olhei em volta, minha mãe já havia desaparecido. Se escondido. Ela sabe. Ela sabe tanto quanto eu quando está para acontecer.

— E as contas que você paga dão o direito de você fazer tudo, né?

— Do que é que você está falando agora? Do que, hein? Qual é o problema? O que é que foi?

Ele já estava me empurrando, me dando um safanão, outro.

— No rosto, não, por favor, pai. No rosto, não.

Ele já não estava me escutando.

(Mais tarde, minha mãe entrou no meu quarto com um sanduíche e um suco de laranja.

— Você não veio jantar... Seu pai reclamou que...

Eu olhei para ela. Não deixei ela continuar a falar. Só olhei para ela, e ela calou a boca. E saiu do quarto, soltando aqueles suspiros ridículos dela, feitos para eu ouvir.)

Não vou conseguir olhar para o Maurício nunca mais!

Nunca mais.

O QUE foi que houve? Como é que a Tina descobriu tudo?

Peraí, não pode... Ou pode?

Mas se ela descobriu, como é que foi?

Ela descobriu. Sei que foi isso. Senão por que ela não ia aparecer? A gente combinou tudo...

Deixa eu ver... Eu disse alguma coisa errada. Quando foi mesmo que eu disse a ela que eram os dias do treino, lá no clube? Terças e quintas, os mesmos dias das sessões, certo? Que foi por isso que eu tive de sair apressado no dia em que a doutora Amélia se atrasou.

Não, acho que disse que eram todos os dias...

Então, do que foi que ela desconfiou?

O clube! Eu disse que estava no clube, treinando. Daí, ela deve ter pensado: "Mas se ele está jogando bola, como é que vai passar aqui depois, todo suado? Que mentira...".

Mas ela podia ter pensado também que eu ia tomar uma chuveirada no clube. O material do treino? Isso eu já tinha pensado. Ia dizer a ela que tenho um armário no clube, para guardar meu material.

"Nem põe pra lavar, depois de se sujar todo?"

E aí eu podia dizer... que ponho às vezes para lavar, sim, que trago para casa, sim, só que nesse dia... sei lá.

Mas a gente combinou. Eu ia esperar por ela na calçada do prédio em que ela mora... Na banca de jornais da esquina como ela pediu, daí... Por que ela não apareceu?

O que foi que houve, pô? O que foi que houve?

Eu é que sou um idiota. Eu devia ter chamado a Tina pelo interfone. Mas ela pediu para eu não fazer isso. Disse que ia me esperar embaixo, que eu não precisava chamar.

Mas se ela não apareceu, eu devia ter entrado no prédio e pedido ao porteiro para chamar a Tina, não devia?

Sou um imbecil mesmo! Vai ver ela se atrasou...

Mas eu esperei uma hora e meia! Que atraso, hein?

(Minha mãe me olhou de um jeito estranho quando eu cheguei em casa. Estranho e calado. Não disse nada, não perguntou por onde eu andei. Estranho...)

Uma hora e meia. E a Tina não apareceu. E se ela ligou para cá?

Eu disse a ela que não adiantava ligar à tarde, que eu tinha treino ou outra coisa com... *meus amigos*! E que também não adiantava ligar à noite, que minha mãe ocupa o telefone direto.

Burro! Imbecil! De manhã, a gente está no colégio. É como se eu tivesse dito para ela nunca me ligar. Não era para a Tina desconfiar? Não era para ela achar superesquisito estar namorando um cara que diz para não ligar para a casa dele?

E se ela ligou? E se falou com a minha mãe? O que a minha mãe pode ter dito a ela? Vai ver foi por isso... A minha mãe estava daquele jeito estranho. Eu preciso saber se ela conversou com a Tina. Ou será que minha mãe teve um ataque com ela no telefone? Mas como é que vou perguntar isso para a minha mãe? Ela continua toda esticada lá no sofá da sala. Diz que está com enxaqueca. As luzes apagadas, e ela ocupando toda a sala. Não dá nem para falar ao telefone. Mas se era para ficar doente, não podia ir lá para o quarto dela?

Tá, vou chegar para minha mãe, lá na sala, ela lá, toda estirada, e, com o ar mais natural do mundo, vou perguntar: "Minha namorada ligou? Sabe, a Tina...". Sei lá o que pode acontecer. Pode acontecer de tudo. Pode acontecer de ela responder: "Não". E meia hora depois vir me falar: "Quer dizer que você agora tem uma namorada?". Pode acontecer de ela se espantar e querer conversar ali mesmo: "É por causa dessa menina que você anda chegando tarde em casa? Ela toma drogas? Ela não é dessas alunas bagunceiras que puxa os amigos para não querer mais saber de nada na escola, é?". Ou então, sei lá... Às vezes, acho que exagero. Minha mãe não é tão idiota de fazer umas perguntas cretinas dessas.

Quer dizer, eu não sei. Eu nunca sei o que ela pode fazer.

Sei que a Tina não apareceu. Sei que a minha mãe está lá na sala e não dá para eu telefonar para a Tina...

(A doida da minha mãe! Quantas vezes pedi para comprar um telefone sem fio e ela deu um ataque do tipo: "Mais uma máquina maluca para me atormentar!". Até hoje ela não consegue programar um videocassete. De vingança, quando ela me pede para programar para ela, faço tudo errado e, quando ela vai tentar assistir ao filme, fica aquele borrão na tela da tevê e ela dizendo: "Tá vendo como essas coisas não funcionam? Só servem pra gente mandar para o conserto e pagar uma nota! Chega!".)

A Tina tá em algum lugar lá fora no mundo. Em algum lugar em que eu daria tudo para estar também. Acho até que ela está pensando em mim. Só que não dá para saber o que ela está pensando.

Vou sonhar com isso.

Vou ter pesadelos com isso.

Não vou aguentar até amanhã para descobrir.

Foi assim...

Eu disse tanto e tanto que não queria mais ver o Maurício, que não ia aguentar olhar para ele nunca mais, e, de repente, quando ele apareceu ali na minha frente, tudo que eu pensei já não tinha mais nada a ver, não tinha nada a ver com ele. Nem podia. ("Tina, sua estúpida, como é que você pôde pensar que o que tem de droga na sua vida tem a ver com ele? Como é que você pôde pensar em não ver o Maurício nunca mais? Como, sua idiota?")

A gente se encontrou na sala de espera do consultório da doutora Amélia, como sempre. Foi eu sair, olhar para o Maurício e pareceu que tudo de ruim tinha ficado lá para trás.

Até parecia que o Maurício era outra vida que eu tinha. Uma vida que eu gosto de ter. Tive uma vontade doida de beijar o Maurício, de a gente ficar agarrado ali, para sempre.

A gente combinou que eu ia esperar por ele, lá no pátio do colégio, esperar ele sair da consulta dele. Queria ficar com ele, de qualquer jeito. Queria que a gente fosse para algum lugar, um lugar que ficasse sendo da gente, só da gente, e ficasse lá.

Se tivesse uma praia, a mais maravilhosa no mundo, uma praia que ninguém conhecesse, eu, ali, na hora em que visse ele, diria que a gente, só eu e ele, ia descobrir esse lugar. Qualquer lugar no mundo, que pudesse ser só da gente... Nesse lugar eu sentia que eu e ele, que a gente poderia chegar, e ficar, sem mais nada. Ficar lá.

Tudo isso me deu vontade de dizer para ele. Tudo isso eu senti, como se ele tivesse a mesma vontade também. ("Vai ver eu nem preciso dizer, ele já sabe. Minha nossa, a gente ainda nem se beijou! Mas hoje...")

Ele já tinha entrado para a consulta com a doutora Amélia, daí eu já estava na escada e me deu aquele nervoso, aquela vontade de ir ao banheiro.

Coisa cretina pra dar nessa hora: querendo (ganhar coragem para) fazer uma declaração de amor e me dá vontade de ir ao banheiro, vontade de *fazer xixi*. Romantismo: zero! Coisa horrível, a gente tá sonhando com um garoto e, quando se vê, tá fechada num cubículo, arregaçando a saia, enrolando a calcinha pelas pernas abaixo, se agachando com cuidado para não encostar no vaso ("sentar, só em casa", ensinou a mamãe). E não tem nenhum banheiro naquele andar do colégio. Quer dizer, por perto só tem um: o do consultório da doutora Amélia.

Coisa cretina, também, só ter aquele único banheiro por perto. Mas eu estava com tanta coisa para dizer ao Maurício! Tanta coisa que, cá de dentro, eu queria que ele ficasse sabendo. Tanta que me dava agonia para falar logo. "Na hora não vou dizer é nada." Eu precisava passar no banheiro.

Voltei pro consultório da doutora Amélia. Entrei. Na sala de espera tem duas portas. Uma dá na sala onde a doutora Amélia atende — e o Maurício estava conversando com ela, lá dentro. A outra é a porta do banheiro. Foi essa que eu abri. Bem devagarinho. Toda preocupada que me ouvissem. E viessem ver. E me pegassem entrando no banheiro. Que vergonha!... Imbecil!

Me fechei no banheiro. Fiquei um instante em silêncio, só para ter certeza de que não tinha sido descoberta, que não tinha que me enfiar no ralo da pia para escapar, que... idiota!

O banheiro não tem janela, só uma abertura, um respiradouro, junto do teto. Eu já tinha percebido que aquela abertura dá direto para a sala lá de dentro.

Daí, eu ouvi... Era a voz do Maurício. Bem baixinha, não dava para entender. Então...

"Não faz isso, garota!", alguma coisa me disse. Bem que me disse.

Não resisti. Subi na tampa da privada. Mas não dava para escutar nada, eu já ia desistindo. Então...

Ele começou a falar mais alto — ou foi meu ouvido que sintonizou na voz dele... Comecei a entender uma palavra, outra, a doutora Amélia dizendo alguma coisa, respondendo outra. E o Maurício de novo, então...

Eu não fiz o desgraçado do xixi, eu não fiz mais nada. Fiquei lá congelada. Burra!

O Maurício... ele estava chorando. Falando e chorando. Chorando não, pior, choramingando.

E as coisas que ele dizia...

Eu comecei a chorar também. Sem fazer barulho. Fiquei lá escutando e chorando, sei lá por quanto tempo. Daí, me deu uma coisa, uma vontade de fugir. Acho que até tontura eu senti.

As coisas que ele contava...

Tava falando sobre mim, sobre a... mãe dele. Sobre ele.

Sobre ele. Pior era sobre ele.

Fiquei, sim, escutando e chorando, lágrima rolando, ardendo no rosto, até eu não aguentar mais. Ainda consegui me controlar, sair do banheiro, do consultório, tudo sem ninguém lá dentro perceber. Ainda dei uns passos sem saber se queria ir, se queria me sentar ali mesmo no corredor... Deu vontade, sim, de sentar no corredor e continuar chorando. E soltar o choro de vez. Xingar.

Mas parecia que ainda estava escutando o Maurício falar. E eu não queria escutar mais nada. Acho que foi por isso que eu não fiquei ali, ali mesmo no chão, que era o que eu queria fazer. Nada. Fazer nada. Ficar parada... Mas eu não queria, não podia...

Acho que foi por isso que eu saí correndo.

— TINA, por favor...

E ela me dizendo:

— Mentiroso! Cretino! Me fez de boba. Por quê?... Pra quê? Sabe o que é mais idiota nisso tudo? Não, você não sabe e nunca vai saber. O mais idiota é que nunca você vai saber de nada, de coisa nenhuma.

E eu não entendendo nada. Só conseguia dizer:

— Tina, por favor...

E não saía mais nada. Eu tava me sentindo um filhote de gatinho...

(Vi uns filhotes de gato, uma vez, abandonados na rua. Um enroscado no outro, chorando. Eles iam morrer. Eu sabia que eles iam morrer. Algum cachorro na rua ia pegar eles e estraçalhar. E eles estavam adivinhando isso. Estavam pedindo ajuda. Assustados, com o mundo inteiro em volta deles, um mundo que nem podiam enxergar direito, que não podiam entender. Eu era criança, pequeno, mas nunca esqueci que naquela hora me senti como um daqueles gatinhos e que me deu vontade de chorar também. Até hoje, lembrar deles me faz sentir pequeno de novo, muito pequeno. Até hoje me dá vontade de chorar.)

— Tina, por favor...

— Orientação vocacional, não é? Seu time de futebol no clube. Você, o craque, o goleirão... Aquela história do pênalti que você agarrou, de todo o time ter vindo abraçar você. Seus pais... Tanta coisa que você me contou dos seus pais. Coisas maravilhosas. De dar inveja. Pais separados, superamigos! Que coisa de outro mundo! Tudo mentira. Tudo o que você me contou deve ser mentira, uma mentira atrás da outra. Pra que, seu burro! Pra quê?

Ela estava com tanta raiva! Tão diferente... E eu, o babaca de sempre.

— Eu ouvi tudo! Lá do banheiro... Foi... sem querer... mas ouvi! Ainda bem, pra não ficar bancando a idiota! Eu, não, o idiota é você! Um babaca, que quis me enganar e eu... Nunca mais fale comigo. Nunca mais olhe pra mim!

(Não consigo acreditar até agora. Foi como um carro vindo a toda na minha direção, sem que eu visse. E o carro me pegava, levantava no ar. De repente eu tava voando. Não, eu tava caindo. Caindo, caindo, sem chão por baixo, sem nada para me agarrar, sem saber o que tinha acontecido. Morrer deve ser assim... Não, isso é pior do que morrer. Só pode ser!)

— Tina, por favor...

(Quem é que disse que ia acontecer? Quem é que disse que ia dar certo comigo? Logo comigo? Um namoro legal, um namoro desses que a gente vê de mãos dadas por aí, cochichando um no ouvido do outro... segredos só deles dois. Quem é que disse que isso é pra mim? Logo para mim!)

Só faltou ela também ter me dado um tapa na cara. Mas foi pior não ter dado. Ela virou as costas para mim e foi embora.

— Tina, por favor...

(Eu repeti, mas ela já não escutava. Eu repeti várias vezes, tô repetindo até agora pra não ver ela indo embora —

essa imagem não some, a Tina indo embora — e eu sabendo que ela estava indo embora para sempre, que não ia mais poder esperar pela Tina, nem sonhar com tanta coisa que a gente não fez... Tanta coisa que a gente nem chegou a fazer. Tanta coisa, eu e a Tina, não vai acontecer e eu vou pensar para sempre... Para sempre eu vou pensar nessas coisas que eu queria ter feito, eu e ela, para sempre, minha vida toda, até o fim, vai ser só pensar em tudo que a gente deixou de fazer.)

— Tina, por favor...

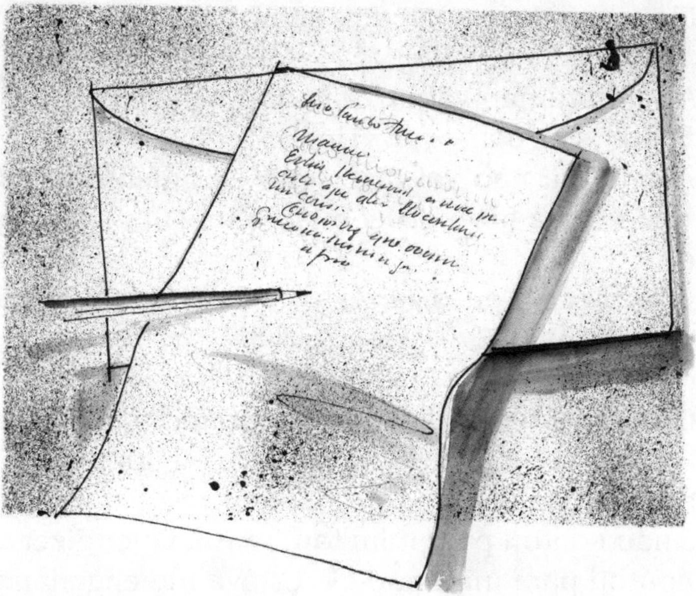

— Faz uma semana que eu não venho aqui... — eu disse.

(Estava esperando que a doutora Amélia começasse a falar... sem eu provocar... Besteira. Já sei que ela não faz isso. Ela fica esperando eu dizer... E tinha coisa que eu não queria dizer.)

— Dez dias, Tina...

— Eu não podia... O Maurício perguntou por mim?

— Perguntou.

— E o que a senhora disse?

— Que não tinha notícias de você.

— O que mais ele contou?

— O que é que você quer saber, Tina?

— Eu briguei com ele...

— Eu sei.

— E a senhora sabe também por que eu briguei com ele?

— Por que você não me conta?

— Mas a senhora sabe... não sabe?

— Francamente... fiquei meio confusa.

— Ele mentiu para mim.

— E você mentiu para ele.

— Ele me enganou. Me fez de boba.

— ...

— A senhora não vai dizer nada?

— Sobre isso? Para que, Tina?

— A senhora não vai dizer que eu fiquei com raiva dele porque ele estava fazendo comigo a mesma coisa que eu fiz com ele?

— Não precisa eu dizer isso, Tina. Mas foi por isso que você brigou com ele?

— Foi...

— E é por isso que você está sentindo tanta raiva dele?

— Ele não sabe que eu menti para ele também, sabe?

— Eu não contei...

— E não contou para mim também... Quer dizer, a senhora não contou para mim que ele estava me enganando.

— Eu preservei o segredo de cada um de vocês. É a minha obrigação. Você sabe disso.

— ... Eu não consigo me conformar.

— Com o que, Tina?

— Eu sei que estou errada também, que eu menti para ele também. Mas não consigo deixar de ter raiva dele. Dá para entender? Na hora, não quis nem saber. Eu estava com von-tade de matar o Maurício. Agora... eu só não quero ver ele de novo.

— Tina, você está com raiva do quê? E por que não quer ver o Maurício de novo? Dá para você tentar fazer um esforço e pensar nessas coisas?

— Eu tô tentando! (Acho que dei um soco no braço da poltrona, acho que apertei os dedos com tanta força que estão doendo até agora e acho que comecei a chorar também, um choro que pingava sozinho, muito, muito quente, tão quente que também está me ardendo até agora!)

— Você já pensou o que estava querendo do Maurício?

— Como assim?

— Você pensava que ele era...

— Um cara... fantástico! Que ele era... diferente.

— Diferente... Que ele era do jeito que você queria ser?

— É... sem tanto problema. Eu achava...

— Que ele tinha a vida que você queria ter?

— Sei lá... como assim?

— Pense, Tina... Raiva do Maurício por quê? O que ele tirou de você?

— Ele não tirou nada de mim. Nem beijar a gente se beijou!

— Que pena...

— Como é que é?

— Vocês se gostaram tanto e tão rápido, e nem se beijaram. Isso me faz sentir pena.

— E o que é que eu tenho a ver com a pena que você sente dele?

— Estou com pena de vocês dois.

— E daí?

— Nada... Só quero dizer isso a você... Que pena! Então, se você acha que ele não tirou nada de você, que ele não prejudicou você...

— Não tô entendendo nada.

— Volto à pergunta: raiva dele por quê? O que ele fez contra você?

— Ele... mentiu...?

— Empate. Ou a mentira dele foi pior do que a sua?

— Não.

— Acho que a sua raiva é por você ter descoberto a mentira dele, não é? Se você não tivesse descoberto, tudo bem? É isso?

— Só se eu fosse louca!

— Não... ninguém precisa ser louco para ser complicado. A gente é assim... às vezes. Vou dizer de outra maneira... Você descobriu a mentira dele. Isso quer dizer...

— Que acabou! Acabou tudo!

— Acabou o quê?

— Acabou. A gente acabou.

— Por quê? O que vocês viveram um com o outro foi muito curto, muito inocente...

— Coisa de criança, vai dizer isso, é?

— Não, vocês não são crianças. O que eu quero dizer é que pode ter sido curto... mas existiu. Você, ele, o encontro que tiveram... Tudo isso existiu.

— Tudo mentira.

— Será, Tina? A mentira dele acabou, certo? Qual a mentira que não acabou ainda?

— ... Eu não vou contar para ele nada! Ele não merece.

— Você é quem vai ter de decidir, Tina. Você vai ter de sentir e decidir se só gostava do Maurício por causa da historinha dele, que não é diferente da historinha que você contou para ele. Aliás, tem esse nó, não é? Para vocês ficarem juntos, você vai ter de contar a verdade para ele. Você sabe disso, não é?

— Sei.

— Então, por que a raiva, Tina? O que ele tirou de você? Tina... O Mauriciozinho não cabe mais nas suas historinhas, não é?

— Eu estou com raiva de você também!

— Não me diga! Então, vou dizer mais uma coisa. Agora você vai precisar escolher de verdade. Uma escolha séria. Vai ter de escolher entre a sua historinha, a que você contou para ele, a que não dá mais para sustentar, e o Maurício. Esse cara que você conheceu melhor, descobrindo a mentira dele. Você vai ter de decidir o que vai preferir perder, a historinha ou o Maurício. Ficar com os dois juntos não dá mais. Está percebendo, Tina? O Maurício não tem mais como viver a historinha com você. Não dá para... você e ele fingirem que você não sabe que a historinha dele é mentira. Você ainda pode seguir com a sua historinha. Mas aí perde o Maurício. O que é mais importante, Tina? Você realmente vai ter de decidir!

Muita, muita raiva! Uma vontade de quebrar tudo ali no consultório, de berrar que a doutora Amélia não entende nada de nada. Mas eu não fiz nem uma coisa nem outra. Me levantei e saí, batendo a porta. Daí, cheguei em casa...

Tá, daí cheguei em casa, e me achei a garota mais idiota do mundo. Porque eu fiquei uma hora com a doutora Amélia e não disse a ela o que eu mais estava querendo dizer. Que fico pensando no Maurício o tempo todo. Que estou morrendo de vontade de falar com ele, mas que não quero falar. Que eu também já chorei só de pensar que nem se beijar a gente se beijou. Que eu fico pensando nele e vendo a gente... se beijando. E... Eu sou uma idiota enorme, a maior idiota de todos os tempos, porque só fui lá ao consultório da doutora Amélia — essa última vez! nunca mais! — para parar de pensar nele, para me convencer de vez que eu não tenho nada que ir falar com ele, nem contar nada para ele, nem fazer coisa nenhuma. Que eu entro no colégio depois da hora todo dia, não desço no intervalo e saio a jato quando terminam as aulas para não encontrar com ele, que vi o Maurício noutro dia, no pátio, parado, encolhido num canto, olhando para todo lado — me procurando! — e me escondi. Mas que, mesmo assim, fiquei olhando para ele a distância, e que... e que...

Maurício

Estou escrevendo para você porque acho que tenho de contar uma coisa. Eu também menti para você. A história da viagem toda é mentira também. Eu também tenho problemas em casa. O mesmo problema que você. Aqui, é com o meu pai. Não dá para falar mais, acho que você vai entender. Só que tem uma coisa, Maurício: eu não quero mais ver você. Eu estou com muita vergonha. Nunca contei isso para ninguém. Minha vida às vezes é uma droga, e eu detesto isso. Eu só estou escrevendo porque acho, de verdade, que devia isso a você. Desculpe pelas coisas que eu disse a você, quando a gente brigou. Acho que agora você vai dizer as mesmas coisas de mim. Por favor, não me telefone, não me procure no colégio. Eu não vou mais me consultar com a doutora Amélia. Acho que é melhor assim.

Cristina

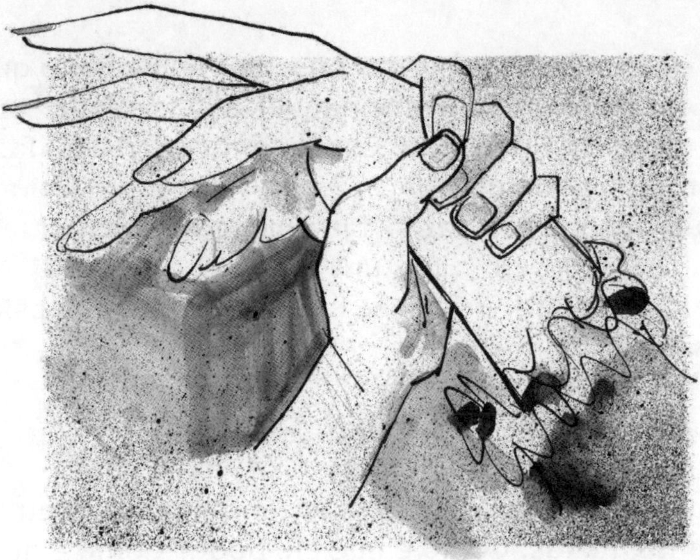

TANTA coisa mudou... E tão depressa, desde aquele dia em que eu recebi a carta da Tina. Fico até tonto só de tentar botar tudo em ordem.

Minha mãe chegou em casa, naquela tarde, e eu senti o clima... Começou a andar para lá e para cá. Não parava quieta, acendia um cigarro atrás do outro. Não saí da sala dessa vez. Fiquei olhando, só olhando...

— O que foi que houve? — ela estranhou.

— Por quê?

— Você está estranho. O que é que andou aprontando?

— Nada... quer dizer — eu estava com a carta da Tina no bolso —, eu tenho uma coisa para contar para você.

Ela ficou mais nervosa ainda. Parecia que nem tinha me escutado. Foi para a cozinha, tomou um copo d'água. Fui atrás dela.

— Você me ouviu, mãe? Tenho uma coisa para contar para você.

— Eu já vou! O que foi? Não posso nem tomar um fôlego, depois que chego do trabalho? É só problema, problema...

— Eu estou me consultando com uma psicóloga, lá no colégio, faz uns meses. É por isso que estou chegando em casa atrasado, nas terças e nas quintas.

Nem que eu fosse santo ia conseguir adivinhar o que passou pela cabeça da minha mãe naqueles dois minutos em que ela ficou calada, segurando o copo, sem beber, sem fazer um movimento. Eu esperei...

— Que história é essa? — Ela começou a tremer.

— Eu posso repetir... Faz uns meses...

— Sem eu saber! Você ia se consultar com uma psicóloga sem eu saber?

— É...

— E ao seu pai, você contou?

— Contei.

— Eu sabia! Você e ele andam aprontando contra mim. Pelas minhas costas. Como é que ele pôde? Como é que você pôde?

— Mãe, eu só queria conversar um pouco sobre os meus problemas.

— Seus problemas? Você tem problemas? Eu trabalho num escritório nojento o dia inteiro para pôr dinheiro em casa. Aguento mau humor de chefe, que pensa que secretária é empregada. Aguento até cantada daqueles cretinos. E você é que tem problemas? Como é que aquele colégio faz isso... sem me avisar? Eu vou tirar você de lá.

— Mãe, eu vou continuar me consultando com a doutora Amélia. Se você me tirar do colégio, eu não vou estudar mais.

— Como é que é?

— Eu não tenho nada a ver com os seus problemas. Quer dizer, tenho... Tenho porque você descarrega todos eles em cima de mim.

— Seu mal-agradecido! Seu...

Ela já veio para cima de mim com a mão levantada. O meu primeiro impulso foi me encolher, correr. Eu já ia sentindo a bofetada antes de ela dar, então disse:

— Não! — E segurei a mão dela, para ela não poder me bater.

— Me larga! Me larga, seu cretino! Me larga... Maurício.

— Mãe... você não vai mais me bater... (acho que dei uma sacudida nela). Eu... não vou mais deixar.

— Maurício! Me larga! Eu sou sua mãe.

— Eu largo... Mas não tenta de novo, mãe. Nunca mais!

Larguei o braço dela, dei dois passos para trás... Ela começou a chorar.

— Eu sou uma mulher sozinha. Sabe o que é isso, o medo que eu sinto? Não tem ninguém, ninguém para me ajudar. E você... Você está acabando comigo, Maurício. Você não entende...

— Mãe... Eu não quero entender. Juro... Não quero mais saber... Mãe... — Tive que fazer uma força danada, tava tudo dentro de mim dizendo para eu parar. — Se você tem problemas, resolve eles, mãe. Não desconta em mim.

— Você só está pensando em você mesmo! — ela berrou, já com a maquiagem toda borrada.

Eu sabia que ela não ia se controlar. Sabia que dali a pouco ela ia partir para cima de mim de novo. Eu sabia. Deixei ela se esgoelando, gritando mais ainda, me xingando, e saí de casa.

Então, faz três dias que estou aqui na casa do meu pai. Ele tentou tirar o corpo fora, daí eu disse:

— Olha, pai, ou eu durmo aqui, ou durmo na rua, tá?

Ele abriu os braços, não disse nada. Não disse nada até agora a respeito. Minha mãe liga sem parar. Eu não quero falar com ela. Meu pai bem que insiste, mas não adianta. Eu não quero.

Essa vontade de me acariciar... Essa vontade de não sair de frente do espelho... E quando me olho, digo: "Eu sou bonita!". E digo sentindo que isso é mais forte ainda: "Olha, Tina, olha como você pode ser bonita".

Tá uma confusão aqui em casa. Estou fechada no meu quarto, meu pai e minha mãe estão gritando um com o outro até agora para saber de quem é a culpa. De vez em quando eles concordam que a culpa é minha e baixam a voz. Acho que é só para descansar a garganta. Demora pouco. Logo voltam a berrar.

Não quero nem saber... Estou aqui no meu quarto e tem uma coisa me dizendo que, dessa vez, mesmo que eles berrem à vontade, mesmo que eles achem mil vezes que a culpa é minha, de tudo, de tudo o que eles puderem inventar, não vão entrar aqui. Não vão nem bater na porta.

Delícia... "Olha, Tina, como você está bonita!"

Quando meu pai veio para cima de mim, eu comecei a berrar. Pedi socorro, gritei chamando a polícia. Devem ter ouvido até no final da rua. E então minha mãe apareceu.

— Olha o escândalo! Quer que todo o mundo fique sabendo o que está acontecendo aqui em casa? Tina...

Eu fiquei com tanta raiva! Mais raiva dela do que dele. Ele ainda tentou me agarrar. Então eu peguei um cinzeiro da mesa e joguei no chão. O cinzeiro espatifou-se. Eu saí correndo pela sala, abri a porta da rua, continuei a berrar para o corredor, pedindo socorro. Meu pai me agarrou, me deu um safanão, me atirou no chão, fechou a porta. Eu saí correndo de novo. Fui derrubando tudo, quebrando tudo. Minha mãe chorava:

— Pelo amor de Deus! Pelo amor de Deus!

Eu já havia derrubado a mesinha de centro, os enfeites que ficavam em cima dela, o vaso da mesa de jantar. E não parava de berrar. Então, me deu uma ideia. Meu pai percebeu, tentou me barrar. Mas não conseguiu, eu passei por debaixo dos braços dele e cheguei na televisão.

— Eu mato você! — ele ameaçou.

— Então mata!

Derrubei a tevê no chão. O troço bateu, soltou fumaça, explodiu, soltou fogo. E minha mãe gritava:

— Você ficou doida, Tina! Ficou doida!

Meu pai ficou paralisado. A tevê no chão, pegando fogo, o fogo passando para o tapete da sala, e meu pai de olhos arregalados, tonto, sem entender nada.

— Se você ainda tentar me bater, eu quebro tudo. Vou pra cozinha e arrebento tudo. Vou quebrar a casa inteira! E vou gritar tanto que vão acabar chamando a polícia.

— Nunca mais vou ter coragem de botar o nariz na portaria. Que escândalo! Que vergonha! — choramingou minha mãe.

— Dane-se o seu nariz! — berrei.

E fui indo para o meu quarto, sem pressa, agora. Meu pai me viu passar, ainda estatelado.

— Danem-se vocês dois! — completei.

Daí, meu pai se tocou que tinha de apagar aquele fogo. Eu vim para o meu quarto, eles começaram a brigar entre eles...

E fiquei aqui, diante do espelho, olhando bem para a minha cara e dizendo: "Tina... tá vendo como você consegue ser bonita?".

(Mandei a carta para o Maurício e ele não me respondeu nada. Pensei que ele vinha me procurar. Tá, até ensaiei dizer, se ele viesse, que era para ele não me procurar. Mas era... era para ele vir, o idiota! Tá, então ele também ficou com raiva de mim. Dane-se ele, também. Mas a droga é que ele não apareceu mesmo. Não, a droga é que eu não faço nada direito.)

QUANDO eu entrei em casa, minha mãe levou um susto... depois disfarçou. Tentou fazer o gênero alegre e natural:

— Oi, Maurício, tudo bem? O jantar fica pronto daqui a pouco. Vou fazer umas batatas fritas para você.

Eu não disse nem que sim nem que não. Sentei no sofá e fiquei esperando. Ela começou a ficar nervosa.

— Você vai jantar aqui, não vai?

Eu balancei a cabeça, concordando. Ela fez que ia sentar duas ou três vezes, desistiu. Numa foi para a cozinha beber água — ouvi o copo se quebrando no que ela o deixou cair ao chão —, voltou de novo para a sala, puxou um cigarro, e já ia metendo a mão na bolsa, à procura de um isqueiro, quando provavelmente se lembrou de que ainda não dera para refazer sua coleção de isqueiros quebrados. Parou o gesto no meio, foi de novo à cozinha, retornou com o cigarro aceso, trocou de poltrona dessa vez...

Eu continuava esperando.

— Você não está querendo facilitar nada para mim, não é? — ela disse num suspiro, sem me olhar. — Tá certo, pode começar! Você e o seu pai devem ter ensaiado uma lista de acusações.

— Eu não conversei nada com o meu pai.

— Por que não? Devia... Nem para isso ele serve?

— Mãe, eu não tenho nada a ver com a briga de vocês dois.

— Você... quer ficar morando com ele?

— Ele não quer que eu more com ele.

— Ele disse isso?

— Não. Eu é que sei...

Ela respirou profundamente. Era muito chato para mim dizer aquilo. Mas estava tão na cara! Meu pai só queria que todos os problemas — os problemas que podiam chegar até ele — se resolvessem logo. E eu estar lá, na casa dele, era um desses problemas. E o que é que eu podia fazer? Esses dias em que estive lá, na casa dele, fiquei muito tempo pensando em muitas coisas chatas, que eu preferia que fossem diferentes. Mas que não adiantava fingir que não existiam, porque acabavam me atropelando.

— Eu sinto muito... — ela disse. E só então me olhou, bem nos olhos: — Filho, esses três dias foram os piores da minha vida. Eu pensei que havia perdido você. E você é a única coisa que tem importância na minha vida, verdade.

— Também não sei se isso é legal...

— Eu acho que entendo... — ela disse depois de uma pausa. — Eu peso demais em cima de você, não é? Parece que tudo o que é meu cai em cima de você, mas...

— Você deve estar feliz, então. Eu vou ter de voltar para cá.

— É... Mas eu não estou feliz. Eu não queria que você voltasse para cá porque não tem outro lugar para ficar. E vai ser isso, não é?

Eu assenti com a cabeça.

— Eu acho... que consigo mudar — ela continuou. — Eu quero tentar. Até porque sei que, se eu não mudar, vou perder você de vez. De um jeito ou de outro, mesmo que você fique morando aqui, me aturando até ter outra alternativa, eu vou perder você. Maurício, eu sou louca por você... Quer dizer — ela começou a tremer —, lá vou eu dizendo besteira. Não é loucura, não... eu amo você!

Minha cabeça fez que sim de novo.

— Isso faz alguma diferença para você?

— Só se não acontecer de novo...

Ela ia responder qualquer coisa, mas desistiu. Ficou me encarando um tempo, e então foi a vez dela de balançar a cabeça. Daí, esmagou o cigarro no cinzeiro e olhou em volta da sala. Juro que nunca a vi daquele jeito, tão perdida. Era como se ela não soubesse como começar. Eu também não sabia. Por isso, a gente ficou ali em silêncio, até que ela se lembrou do jantar. Das batatas fritas. Então, ela se levantou, foi para a cozinha, e eu fui para o meu quarto pensar na Tina.

Pois é, a Tina. Faltava ainda eu procurar a Tina.

Apesar daquela carta dela, eu sabia que tinha mesmo é de procurar a Tina.

PRIMEIRO, fiquei nervosa quando o porteiro me disse pelo interfone que o Maurício estava lá embaixo, me esperando. Depois, fiquei nervosa com o olhar de canto de olho da minha mãe, controlando o que eu respondia. Sorte que eu estava na cozinha, mastigando qualquer coisa e fui eu que atendi o interfone... Acho que minha mãe esperava que eu desse explicações do tipo: quem era, o que queria comigo, etc. Ficou querendo.

Depois, fiquei nervosa, corri para o meu quarto, ao mesmo tempo ensaiando o que ia dizer ("Maurício, eu estava falando sério, na minha carta. Não quero mais ver você.") e já pensando o que é que ia vestir, só para o caso de a gente dar uma saída (nada que pareça que eu me aprontei para sair de verdade, né? Algo tipo assim: "já que ele me convenceu, e já que a roupa que estou vestindo dá pro gasto...".). Mas vestir o que, minha nossa?

Fiquei nervosa ainda quando atravessei a sala, dez minutos depois, e precisei cruzar com o meu pai. (Cruzar é modo de dizer — ele não olha para mim, nem fala comigo, desde o meu ataque. Mas e se resolvesse sair da caverna bem naquela hora? O negócio é que ainda não me acostumei a essa situação de o pessoal aqui de casa ficar com medo de mim, não o bastante para tirar todas as vantagens que, cá entre nós, eu fiz por merecer, não fiz?)

E fiquei nervosa, finalmente, descendo o elevador, só de imaginar com que cara o Maurício ia estar...

Mas ele estava... com a cara dele mesmo. E foi aí que eu percebi uma coisa. Sabe o que eu gosto no Maurício? Sabe o que eu gosto nele, de verdade? É que, quando estou com ele, eu me sinto tão à vontade que... Tá, é mais ou menos assim... sabe os meus nervosismos todos? Quando eu vi a cara do Maurício, o jeito dele, desapareceu tudo. Nem me lembrei de ficar nervosa. Eu sabia é que queria ficar ali com ele. E o tempo que se danasse, se quisesse passar para nós dois ou se resolvesse deixar a gente de fora, tanto fazia. Acho que isso quer dizer que eu estou apaixonada por ele, não é?

Bem, a gente ficou um na frente do outro feito dois patetas, até que ele disse:

— É... mentir para você não foi legal!

"Não foi mesmo!", já ia eu dizer, toda durona. Daí, me lembrei que não tinha moral nenhuma para dar bronca nele... Fiquei sem graça. E adorei ele não ter ido para cima de mim, acusando: "Mas você mentiu para mim também!". Ele não fez isso. Continuou falando do jeito dele:

— Ainda mais tanta mentira, né?

Eu ri.

— Aquela história de ser goleiro do time lá do clube... Eu sou o maior frangueiro do mundo, sabia?

— É, acho que isso eu tinha adivinhado. Tudo bem, eu detesto futebol!

Foi a vez dele rir...

— Aquela sua carta...

— Tem uma coisa que eu quero dizer para você, Maurício... sobre o meu pai...

— Eu quero ajudar você. Será que eu posso?

— Acho que eu é que tenho de me ajudar.

— Você consegue?

— Tô tentando.

— Eu também... com a minha mãe, sabe?

— E eu com o meu pai... Eu jurei uma coisa. Ele não vai mais bater em mim. Nem que eu tenha de botar fogo na casa, ou fazer um escândalo desses, bem horrível, de o síndico vir esmurrar a porta pedindo pra gente parar. Mas ele não vai mais encostar a mão em mim!

— E nós?

— E nós? — eu perguntei. E tive vontade de fechar os olhos, tapar os ouvidos, sair correndo, para não poder ouvir a resposta.

Desde a hora em que ela saiu do prédio (acho que tropecei nos meus próprios pés, quando caminhei em direção à Tina... para a Tina), eu só estava com vontade de perguntar isso. E ao mesmo tempo estava morrendo de medo. Da resposta dela. Quis perguntar umas três vezes, antes de conseguir, e três vezes travou. Uma quarta vez eu disse para mim mesmo: "É agora, tudo ou nada!", mas parei tudo, antes mesmo de travar. Eu já estava suando, dizendo para mim mesmo que não ia conseguir perguntar. Então, quando saiu, foi quase sem querer.

Mas saiu.

"E nós?"

A Tina olhou para mim e sorriu. Por um momento eu tremi todo. Fiquei tão atordoado que não entendi o que o sorriso dela poderia querer dizer. Então, de repente, algum anjo da guarda me sussurrou: "Não tem nada pra entender, cara!".

E a Tina completou a mensagem do anjo:

— Seu bobo!

E a gente se beijou... E se beijou de novo, e ficamos lá sem querer desgrudar a boca um do outro.

(Beijo é a coisa mais fácil do mundo de se aprender — quando a gente precisa saber como é, já está fazendo. Grande descoberta!)

— Você ficou com a boca toda manchada de batom! — disse a Tina, surpresa, quando a gente deu um intervalo.

"Que bom!", eu pensei em dizer. E disse.

A gente riu.

O AUTOR

Arquivo pessoal

Nome completo
Luiz Antonio Farah de Aguiar

Local e data de nascimento
Rio de Janeiro, 11 de fevereiro de 1955

Cidade onde reside
Rio de Janeiro

Estado civil
Casado (com a Marisa)

Filhos
Não tem. Mas tem as sobrinhas Alessandra e Nathalia e os afilhados Tânia e Leandro, a quem ama muito.

Profissão
Escritor

Formação acadêmica
Mestrado em Literatura Brasileira pela PUC-RJ

O goleiro e a fada de batom fala do encontro entre dois jovens — Cristina e Maurício — e do que eles começam a sentir um pelo outro, algo que transforma a vida de ambos. Fala também de como é importante essa coisa de a gente gostar e ser gostado, de se arriscar a que a pessoa de quem a gente gosta não goste de quem a gente é. Tá, talvez vocês comecem a ler o livro e digam: "Puxa, é uma história de um garoto e uma garota que apanhavam em casa". É também... Mas tem uma coisa que eu aprendi por aí: que o mais importante não é o problema que a gente tem, e sim superá-lo.

Nem sempre é fácil. Para crianças e adolescentes, principalmente quando têm de enfrentar quem é mais forte ou quem pode mais do que eles, por alguma razão, então aí é que nunca é fácil! Sei disso... Sei que às vezes o cara ou a garota precisam de uma força...! Espero estar dando um pouco disso com *O goleiro e a fada de batom*.

Escrevi este livro para adolescentes também porque eu fui (!) adolescente, e só porque virei adulto, de certa forma até a contragosto, não quer dizer que troquei de lado. Continuo escrevendo sobre conquistas e problemas de jovens para dizer que isso existe, que é bonito, que é dramático, que é para ser levado a sério, que é coisa importante da vida.

Espero que vocês gostem da história da Cristina e do Maurício.

Um beijo, um abraço, muita gana de viver para vocês todos e tudo de bom!

P.S.: Convido todos a visitar a minha página na internet. O endereço é:
www.luizantonioaguiar.com.br

ENTREVISTA

Em *O goleiro e a fada de batom*, dois adolescentes têm de enfrentar uma situação muito difícil: ambos sofrem maus-tratos em casa. Ao mesmo tempo, há uma bonita história romântica, na qual Cristina e Maurício se encontram e começam a se gostar.

Lendo o livro ficamos com a impressão de que o amor que Maurício e Cristina começam a viver os ajuda a resolver seus problemas. Você acredita que o amor ajuda a gente a mudar nossa vida?

Olha, é uma coisa muito da minha vida. Eu sinto que o fato de gostar de outras pessoas — namoradas, amigos — e elas gostarem de mim é muito bom, me fez e faz um bem enorme. Todo o mundo, quem quer que seja, pode encontrar amor e amizade, pode amar e ser amado. Toda pessoa merece isso e não deve nunca aceitar ser maltratada por ninguém, seja quem for.

***O goleiro e a fada de batom* é uma história muito forte, e até mesmo ousada, porque entra na intimidade doméstica das personagens e denuncia a violência que pode existir mesmo no ambiente familiar. Por que você resolveu escrever a esse respeito?**

Desde criança a gente ouve aquela história de "não meter a colher" em problemas da família dos outros. Mas há coisas que não são "problemas de família". Há problemas que são simplesmente humanos, e é nossa obrigação, sim, ajudar. Se eu souber de uma criança ou de um adolescente sendo maltratado, seja por quem for, não vou hesitar em ajudá-lo ou mesmo em levar o caso às autoridades. Foi para denunciar o problema que escrevi este livro.

As personagens de *O goleiro e a fada de batom* pertencem à classe média. Mas, na verdade, a violência familiar ocorre mais acentuadamente nas camadas pobres da população. Você não acha?

Pode acontecer com qualquer um, em qualquer estrato social. Pode acontecer com garotos de condomínios fechados, que frequentam clubes e *shoppings*. Pode acontecer com garotos de classe média, cujos pais são considerados bons vizinhos no prédio. Pode acontecer com qualquer um mesmo! Crianças e adolescentes pobres estão mais sujeitos a isso, porque é mais difícil para eles ter acesso a quem defenda os seus direitos. Além disso, famílias pobres estão mais sujeitas também à tensão e à violência social e a trazê-las para dentro de casa. Mas isso pode acontecer com qualquer um. Vive acontecendo.

Por que você acha que existe essa situação em que crianças são espancadas?

Até alguns anos atrás, todo o mundo aceitava tranquilamente que bater numa criança era uma maneira válida de fazê-la aprender alguma coisa. Mesmo com essa ideia meio fora de moda, ainda ouço gente defendendo as vantagens educacionais de "uma boa palmada". É um absurdo! Pai e mãe não são adestradores de animais para educar à base de pancada. Mesmo com bichos, isso é uma maldade, mas há quem justifique dizendo que são irracionais, que só aprendem apanhando. Ora, criança não é irracional. Tem sentimentos, e, ao ser humilhada, pode acumular traumas. E a criança e o adolescente têm direito à sua integridade garantido pela lei tanto quanto qualquer adulto. Uma surra é uma covardia, um ato de destruição do outro, nada mais. Uma coisa dessas simplesmente não pode existir, e pronto.

Grande parte dos livros que você escreveu são para adolescentes. Por que você tem preferência pelos leitores dessa faixa etária?

É gente que está não só descobrindo, mas refazendo o mundo. Que acredita na amizade, no amor e que tem esperanças. Que não está contaminada nem entregue às baratas. Isso me encanta. Quando escrevo, quero muito dizer que estou do lado deles. Que não é por ingenuidade que eles acreditam numa vida mais generosa, mas porque têm mais garra e, com frequência, um talento ainda intacto para viver.

***O goleiro e a fada de batom*, apesar de tratar de um problema do nosso cotidiano, se vale de muita fantasia, de histórias infantis, dos sonhos, do que as suas personagens imaginam que deveria — ou poderia — ser a vida. Por que essa mistura? Fale um pouco também de como você trabalhou a linguagem no livro. Novamente, apesar do tema, não é um texto descritivo.**

Não é mesmo. A ação é muito íntima, quase como confissões ou segredos trocados entre as personagens e os leitores. Tentei dar à linguagem um tom que tivesse a ver com isso. Foi por isso também que usei as fantasias das personagens. São coisas que fazem a vida mais bonita, e eu acredito que, quando a gente lê um livro, ele fica mais na gente se, além de uma boa história e boas personagens, traz também coisas bonitas pra gente curtir. Aliás, acho impossível uma coisa sem a outra.

PARA VOCÊ LER E PENSAR

Tristemente, as estatísticas comprovam que, em sua maioria, as crianças e os adolescentes que sofrem espancamentos, maus-tratos, ou mesmo abuso sexual, são vítimas dos próprios pais. Portanto, se mantivermos a postura de não denunciar uma agressão porque achamos que se trata de um problema doméstico, familiar, que não é de nossa conta, a maioria dos casos continuará sem solução, e as vítimas continuarão a ser maltratadas.

Outro dado estatístico intrigante revela que as vítimas de maus-tratos estão, na maioria dos casos, na faixa que vai até os 15 anos de idade. Ou seja, quando o adolescente ganha forças para reagir e re-vi-dar, a violência diminui, o que caracteriza a covardia das agressões. Uma vítima de mais idade pode recor -rer ao Conselho Tutelar, existente em quase todas as localidades e responsável por zelar pelo cumprimento dos direitos das crianças e dos adolescentes. Mas uma criança pequena, sem condições de fazer o contato por si, provavelmente só receberá ajuda se alguém fizer a denúncia por ela.

Aos Conselhos Tutelares cabe receber a notificação dos atos de maus-tratos e analisar a procedência de cada caso, visitando as famílias. Se for confirmado o fato, é obrigação do Conselho levar a situação ao conhecimento do Ministério Público. Entretanto, infelizmente nem todos os municípios brasileiros dispõem de Conselhos Tutelares. Mas há as Varas da Infância e de Juventude, que também podem receber as denúncias.

A criança ou o adolescente, ou quem estiver disposto a ajudá-los, denunciando os maus-tratos, podem ainda recorrer à Delegacia da Criança e do Adolescente mais próxima, tendo a certeza de que ali estarão defendendo um direito garantido por lei e de que contarão com a compreensão e o amparo necessários — até mesmo no levantamento e no acompanhamento do ambiente familiar da vítima.

Também na escola é necessário que os professores se mantenham atentos a marcas físicas de maus-tratos nas crianças, ou a comportamentos que possam indicar um caso de violência doméstica. Na dúvida, é sempre bom tentar conversar com a criança, ou com o adolescente, procurando descobrir qual é o problema. A vítima de agressão comumente esconde isso dos outros, porque, por várias razões, tem vergonha de contar o que acontece com ela. Mas é sempre alguém que precisa de afeto e de apoio especializado para superar a situação.

Veja o que diz o artigo terceiro do Estatuto da Criança e do Adolescente (ECA):

"Os casos de suspeita ou confirmação de maus-tratos contra criança ou adolescente serão obrigatoriamente comunicados ao Conselho Tutelar da respectiva localidade, sem prejuízo de outras providências legais".

Se você (ou alguém que você conheça) sofre algum tipo de violência familiar, procure o órgão de sua cidade responsável por essa área.

No Brasil, há o serviço do Disque 100: Disque Denúncia Nacional de Abuso e Exploração Sexual contra Crianças e Adolescentes, coordenado e executado pela Secretaria Especial dos Direitos Humanos da Presidência da República. O usuário pode denunciar violências contra

crianças e adolescentes, colher informações acerca do paradeiro de crianças e adolescentes desaparecidos, sobre tráfico de pessoas – independentemente da idade da vítima — e obter informações sobre os Conselhos Tutelares.

Segundo o Fundo das Nações Unidas para a Infância — Unicef, a cada dia, em média 129 casos de violência psicológica e física, incluindo a sexual, e negligência contra crianças e adolescentes são reportados ao Disque Denúncia 100. Isso significa que, a cada hora, cinco casos de violência contra crianças são registrados no país, o que pode se agravar se considerarmos que muitos dos crimes contra crianças e adolescentes não são reportados.

O serviço do Disque 100 funciona diariamente das 8 às 22 horas e a identidade do denunciante é mantida em absoluto sigilo.

No site do Observatório da Infância (www observatoriodainfancia.com.br/rubrique.php3?id_ rubrique=100), é possível consultar a lista de Conselhos Tutelares brasileiros. Na página do Unicef na internet (www.unicef.org.br), há artigos sobre a infância e a adolescência no Brasil, estudos sobre a violência contra a criança e o adolescente e informações úteis sobre como crescer sem violência.